KB097623

원하나

책 만드는 일만큼 독서모임 꾸리는 일을 좋아하는 출판사
대표이자 독서모임 기획자. '하나의책'이라는 독서모임을
운영하고 있다. 2014년 3월 네 명이 함께한 '인문 교양서 읽기'
모임을 시작으로 문학 모임, 철학 모임 등 다양한 독서모임을
꾸렸고, 6년간 200회가 넘는 모임을 진행하며 350여 명의
회원들과 독서모임을 했다. 매 시즌 다양한 테마로 모임을
진행하며 독서모임의 가능성을 실험하고 독서모임 안에서
할 수 있는 온갖 재미있는 일을 끊임없이 찾는 중이다. 같은
이름으로 출판사도 운영하며 독서모임에서 만난 이들과 함께
책을 펴냈고 일주일에 한 번 출판사 사무실을 독서모임 장소로
바꾸어 책과 모임을 사랑하는 이들과 꾸준히 모임을 하고
새로운 독서모임 꾸리는 일을 돕고 있다.

독서모임 꾸리는 법

© 원하나 2019
이 책은 저작권법에 의해 보호받는 저작물이므로
무단전재와 복제를 금합니다.
이 책 내용의 전부 또는 일부를 이용하려면
저작권자와 도서출판 유유의 서면동의를 얻어야 합니다.

독서모임
꾸리는 법

골고루 읽고
다르게 생각하기 위하여

원하나 지음

유유

'함께 읽는 자리'를 찾는 이들에게 보내는 응원

"평생 책만 읽는 것이 내 단 하나의 소망이었다."●

영국의 출판편집자이자 작가인 '책 덕후' 앤디 밀러의 에세이 『위험한 독서의 해』에서 건져 올린 문장입니다. 언제나 제 가슴을 뛰게 하는 말이지요. 주변 사람들에게 이 문장을 전하면 크게 두 가지 반응을 보입니다.

"나도! 나도 평생 책만 읽고 살고 싶다."

"어떻게 책만 읽을 수 있어? 세상에 다른 재미있는 게 얼마나 많은데."

앞선 반응을 보이는 사람은 책을 단순히 좋아하는 것을 넘어 일상의 한 부분으로 여기고 때로는 책을 통해 새로운 일을 찾거나 시도해 보곤 합니다. 이들에게 책을 둘러싼 풍성한 이야기가 오고가는 독서모임은 제법

● 프랑스 시인 미셸 우엘벡의 첫 소설 『투쟁 영역의 확장』(열린책들, 2003)에 나온 말을 앤디 밀러가 자신의 책 『위험한 독서의 해』(책세상, 2015)에서 재인용했다.

괜찮은 독서 수단이 될 수 있죠. 하지만 아마 뒤의 반응을 보이는 사람이 더 많을 겁니다. 이들에게 독서모임은 조금은 어색하지만 일상의 새로운 시도, 서먹한 책들과 가까워질 계기, 운이 좋다면 고민하던 문제의 답까지 찾을 수 있는 뜻밖의 자리가 될 수 있습니다.

물론 한 권의 책으로 인생이 갑자기 변하는 일은 좀처럼 일어나지 않으며 독서모임을 한다고 해서 지금 고민하는 문제가 당장 해결되는 것도 아닙니다. 하지만 수고로운 독서를 해내고 책 한 권을 함께 읽으며 다양한 타인의 시각을 만나다 보면 어느새 다양해진 삶의 빛깔을 발견하게 될 것입니다. 하루에도 몇 번씩 널뛰는 감정의 온도 사이에서 적당한 지점을 찾아내는 요령을 얻을 수도 있고, 나와 다른 의견을 접하면서 시야가 점점 확장될 것입니다.

다른 사람의 생각과 자신의 생각을 비교하고 대조하면서 틀린 것은 고치고 부족한 것은 보충하는 일을 의심쩍어하거나 주저하지 말고 오히려 습관화하는 것이 우리의 판단에 대한 믿음을 튼튼하게 해 주는 유일한 방법이다.●

존 스튜어트 밀의 『자유론』 속 한 구절입니다. 제게는 판단 능력의 지반을 단단하게 다지기 위해 독서모임을 활용하라는 말처럼 느껴집니다. 실제로 독서모임에

● 존 스튜어트 밀, 『자유론』(책세상, 2018).

서는 다른 사람의 생각과 자신의 생각을 비교·대조하면서 생각의 빈틈을 메우고 이전까지 몰랐던 자신의 단점을 발견하는 일이 빈번히 일어납니다. 꾸준히 함께 읽고 이런 과정을 반복해서 겪으며, 단순히 놓기보다는 단단한 자신감과 자존감을 얻게 되었다는 사람도 많습니다. 저 역시 경험했고요.

『독서모임 꾸리는 법』은 자신만의 작은 독서모임을 만들어서 재미있고 의미 있는 시간을 꾸려 가고 싶어 하는 분들을 위한 책입니다. 이미 독서모임에 참여하고 있거나 운영하는 분들께도 도움이 될 수 있게 오래된 모임 기록을 들추어 보고 유용한 정보를 추려 엮었습니다.

6년 전 처음 독서모임을 꾸렸을 때 제게는 수많은 질문이 있었습니다. 내가 만든 모임에 사람들이 과연 와 줄까? 회원 모집은 어떻게 해야 하지? 첫 모임은 어떻게 진행해야 하고 장소는 어디로 정해야 하지? 모든 것이 낯설고 막연했습니다. 그때 제게 가장 필요했던 정보들을 떠올려 빠짐없이 기록하려 노력했습니다. 이후 모임을 지속하면서도 적지 않은 어려움을 만났습니다. 여러 가지 문제와 고민 앞에서 지치지 않고 계속 즐거운 마음으로 책 읽고 모임을 꾸려 나가기 위해서는 그런 어려움을 극복할 수 있게 돕는 소소한 '장치'들이 필요했습니다. 숱한 시행착오 끝에 유용한 모임 규칙을 마련했고 다른 모임에도 유익할 만한 내용을 골라 책에 담았습니다.

여전히 가끔은 제가 잘하고 있는지 미심쩍을 때가 있습니다. 모임의 질을 조금 더 높여 보고 싶은데 어떻게 하는 게 가장 좋을지 확신이 서지 않아 매일 밤 고민합니다. 그럼에도 저와 같은 시간을 보내고 계실 수많은 독서모임 운영자와 회원들을 떠올리며 그간의 이야기를 정리했습니다. 모든 일이 그렇듯 독서모임에도 정답은 없지만 저의 이야기가 여러분의 독서모임에 조금이나마 도움이 된다면 더할 나위 없겠습니다.

이 책의 출간을 제안해 주신 유유출판사의 조성웅 대표님께 감사의 말씀을 전합니다. 독서모임의 힘을 믿고 응원해 주셔서 즐겁게 글을 쓸 수 있었습니다. '하나의 책' 독서모임 회원들께도 감사합니다. 여러분이 이토록 멋진 독서모임의 매력을 저에게 깨닫게 해 주셨습니다. 한 분 한 분 이름을 모두 적고 싶지만 참겠습니다. 지금처럼 즐겁게 독서모임하면서 평생의 '책 친구'로 지내기를 바랍니다.

독서모임은 책과 사람을 사랑하는 마음만으로도 충분히 운영할 수 있습니다. 독서모임을 위해 이 책을 선택한 독자 여러분께 뜨거운 응원을 보냅니다.

2019년 초가을
원하나

IV 더 재미있게 독서모임 하는 법

I

독서모임 만들기

1
왜 사람들은 독서모임을 하고 싶어 할까요?

여러분은 왜 독서모임을 하고 싶으신가요?

출간 직후 전 세계 수많은 독서모임에 영감을 불어넣었다는 미국 작가 앤 후드의 소설 『내 인생 최고의 책』(책세상, 2017)에는 비참한 주인공 에이바가 등장합니다. 다른 여자와 눈 맞은 남편에게 이혼을 당했거든요. 견딜 수 없는 고통에서 벗어나기 위해 에이바에게는 다른 이야기와 다른 사람들이 필요했습니다. 그래서 독서모임을 찾고 한 도서관의 북클럽에 가입합니다. 그곳에서 책을 통해, 눌러 둔 감정을 꺼내 공유하고 상처를 치유합니다.

소설 『건지 감자껍질파이 북클럽』(이덴슬리벨, 2018)의 독서모임은 위기를 모면하기 위해 급조되었습니다. 제2차 세계대전 당시 영국의 채널제도는 독일군 지배하에

억압을 받았습니다. 그때의 통금 시간은 저녁 7시. 하루는 마을 사람들이 모두 한 집에 모여 바비큐 파티를 하고 나니 통금 시간이 지나 있었습니다. 조마조마한 마음으로 귀가하던 사람들 중 몇 명이 독일군에게 잡혔고, 임시방편으로 책 읽고 이야기를 나누는 '문학회'를 하느라 늦었다고 둘러댔죠. 당시 독일군은 이미지 관리를 위해 문화 정책을 펼쳤거든요. 그러자 독일군은 심지어 모임을 권장하기까지 했고, 그렇게 시작된 독서모임에는 차곡차곡 근사한 이야기가 쌓였습니다.

하나만 더 소개할까요? 『제인 오스틴 북클럽』(민음사, 2006)의 독서모임은 지인 몇 명이 모여 만들었습니다. 제인 오스틴에 관심 있는 사람들이 모여 반년간 한 달에 한 번 제인 오스틴의 책 여섯 권을 함께 읽는 모임이었죠. 사교의 성격이 짙은 북클럽입니다.

이렇게 사람들은 때로 사람에 지쳐 책에서 삶을 바꿀 무언가를 찾으려는 절실한 마음으로 독서모임의 문을 두드리고, 때로는 얼결에 모임을 시작하며, 때로는 책 좋아하는 사람들의 친교를 위해 새로운 모임을 만들기도 합니다. 사실 이유는 중요하지 않습니다. '뭐가 될진 모르지만(아니, 안 될지도 모르지만) 시작이나 해 볼까?' 하는 무모함으로 독서모임을 만들어도 괜찮습니다. 사람이 모인 자리에 책이 섞이면 그 속에서는 늘 새로운 이야기가 오고 그러면서 만남이 자연스레 이어집니다.

그렇다 해도 언제, 어떻게 모임을 시작하면 좋을까요? '독서모임이 필요한 순간'이란 과연 어떤 때일까요? 저는 때때로 올라오는 불안감을 잠재우려 독서모임을 시작했습니다. 1인 출판사 창업 후 매일 모든 일을 혼자 생각하고 결정하며 줄곧 불안감에 휩싸여 있었거든요. 일 생각이 머릿속을 떠나지 않았습니다. 그래서 퇴근 후 시간이라도 업무 외 다른 활동에 정신을 쏟으면 불안감을 떨칠 수 있으리라 생각했습니다. 막연히 책 속에서 답을 찾고 싶다고 생각했고요. 책 만드는 일은 어렵지만 여전히 책은 좋았습니다. 그래서인지 번뜩 독서모임이 떠올랐습니다. 대학에서 선배, 동기와 함께한 독서모임은 편협한 시야를 확장해 주었고 앞서 다니던 회사에서 마음 맞는 동료들과 소규모로 하던 독서모임은 사회생활 적응에 도움을 주었습니다. 이 기회에 또 한 번 독서모임을 해 보고 싶었고 이번에는 제가 만들어 보기로 했습니다.

여러분의 상황은 어떤가요? 왜 독서모임을 하려고 하나요? 무엇을 기대하며 독서모임을 궁금해하고 꾸리려 하나요? 지난 6년간 독서모임에서 만난 수많은 사람들은 제각각 다른 이유와 기대를 가지고 모임을 찾아왔습니다. 하지만 지나고 보니 그 이유들을 몇 가지 범주로 묶을 수 있었습니다.

규칙적 독서

많은 사람이 책을 규칙적으로 읽기 위해 독서모임을 합니다. 독서는 생각보다 노력이 필요한 작업입니다. 자리에 앉아 활자를 읽으려면 집중력이 필요하고 따로 시간도 내야 합니다. 어렵지만 꾸준히 책을 읽고 싶다면 독서모임에 가입하는 게 좋은 방법일 수 있죠. 회원들과 함께 읽을 책, 모임 장소, 책 읽을 기간을 정하고 나면 약속을 지키기 위해서라도 독서를 하게 됩니다.

제가 운영하는 모임의 회원 한 분은 회사 업무가 바빠져서 일 년 동안 모임을 쉰 적이 있습니다. 일 년 만에 다시 나타난 그는 독서모임에 나오지 않으니 책을 한 권도 읽지 않게 되더라고 말했습니다. 기껏해야 인터넷 뉴스만 읽고 있는 자신이 한심해서 다시 모임에 나오게 되었다며 열심히 참석했죠. 우리 모임 말고 또 다른 모임에도 가입해 동시에 두 개의 독서모임에 출석했고, 업무량은 줄지 않았지만 이후 넉 달 만에 여섯 권의 책을 읽었습니다.

독서 편식 개선

다양한 책을 폭넓게 읽기 위해 독서모임을 시작할 수도 있습니다. 책을 아주 많이 읽는 사람 가운데도 취향에 맞는 책만 골라 읽는 이들이 많습니다. 그래야 책이 속도감 있게 읽히고 빨리 재미를 느낄 수 있다고요. 저는 이런 독서습관도 나쁘지 않다고 생각합니다. 하지만 책이야말로 이전에는 몰랐던 생소한 분야를 알아 가기에 적합한 매체입니다. 독서 범위를 넓히고 관심사를 확장하고 싶다면 독서모임을 통해 다양한 책과 그 책들을 주로 읽는 다양한 사람을 만나 보세요. 의외의 분야에서 다채로운 생각을 접할 기회가 생깁니다.

한번은 저희 모임에서 소설만 읽는다는 분을 만난 적이 있습니다. 문득 비문학 독서도 해야겠다는 생각이 들어 인문 교양서 읽기 모임에 가입했다고 자기소개를 했습니다. 그는 비문학 책은 잘 읽히지도 않고 재미도 없어 읽지 않는다고 이야기했습니다. 하지만 다른 회원들과 함께 조금씩 읽지 않던 책을 탐독하기 시작했고, 이내 새로운 분야의 책 읽기에 익숙해졌습니다. 어느 날은 독서모임을 통해 관심의 폭이 넓어진 것이 가장 좋은 일이라고 감상을 나누었습니다. 가령 현대사 책을 읽으며 비로소 역사 문제에 깊이 관심 갖기 시작했고, 가족문제를 다룬 사회과학 분야 책을 읽으며 이전까지는 살피지 않았던 다양한 가족의 형태와 모습에 시선이 갔다고요.

독서모임에서는 혼자 읽기만 해서는 좀처럼 만나기 힘든 다양한 책을 접할 수 있습니다. 내 생각의 범위 내에서는 눈길조차 주지 않았던 것이 관심사가 되기도 하고, 그 책을 모임에 가져온 회원의 이야기를 들으며 편협했던 사고를 확장하는 경험도 하게 됩니다.

감상 공유

책을 읽다 보면 타인의 생각이 궁금해질 때가 있습니다. 책에 적힌 작가의 생각을 나의 시각으로 바라보고 해석하고 있는 것을 새삼 느끼며 다른 사람들은 내 의견을 어떻게 생각하고 받아들일지 알고 싶어집니다. 이 책을 나처럼 읽은 사람이 또 있을까? 어떤 사람일까? 다른 사람은 어떤 감상을 얻었을까? 다양한 감상평을 나누고 싶고 가슴에 박힌 구절을 말하고 싶어집니다. 좋은 책을 접하면 공유하고 싶어지고요.

한편 오랫동안 많은 독자에게 사랑받은 고전이라고 해서 읽었는데 도무지 읽히지 않거나 이해하는 것조차 힘겨우면 난감하고 때로는 무력감이 듭니다. 누구에게라도 묻고 싶은 심정이죠. 내 독서 방식에 문제가 있는 건 아닌지, 당신에게도 이 책이 이토록 어려웠는지. 제가 만난 사람들은 이럴 때 독서모임 회원들을 찾았습니다. 도대체 이 책을 어떻게 읽었느냐고. 나만 이렇게 이 책 읽기가 힘든 거냐고.

독서모임은 거창한 형식이나 절차 없이 책을 둘러싼

모든 종류의 감상을 솔직하게 공유하는 자리입니다. 책이 좋으면 좋은 대로 싫으면 싫은 대로 의견을 주고받을 수 있습니다. 같은 책을 두고도 다채로운 시선이 교차하고, 그 속에서 접점이 생기기도, 차이점이 더 또렷해지기도 합니다. 회원 수만큼 다양한 소감이 오가고 이런 대화를 꾸준히 이어 가다 보면, 화제가 개인의 취향과 삶의 태도로까지 확장되기도 합니다. 타인의 삶에 대한 시각이 몰라보게 넓어지고 세상에는 다양한 삶의 방식이 있다는 진리를 소통 속에서 깨닫습니다.

생각 정리 + 말하기 훈련

조리 있게 말하는 연습을 하기 위해 독서모임을 찾는 경우도 있습니다. 책에 대한 소감을 타인에게 설명하려면 생각을 정리하는 과정도 필요하고요. 우리는 의외로 상대에게 의견이나 생각을 체계적으로 말할 기회가 없습니다. 주말에 무엇을 했는지, 점심으로 뭘 먹고 싶은지 등 단편적인 대화를 하며 하루를 보냅니다. 기승전결이 있는 이야기를 할 기회는 기껏해야 친구에게 고민을 털어놓을 때 정도가 아닐까요.

제가 속한 모든 독서모임의 회원 중 약 20퍼센트가 독서모임을 말하기 연습의 장으로도 생각한다고 이야기합니다. 모임에서 발언할 때는 읽은 책이 어땠는지,

어떤 부분이 어떻게 좋고 싫었는지 등 자신의 생각을 상대에게 적절하게 표현해야 하죠. 다른 회원의 질문에 대답하면서 복잡한 생각을 명료하게 정리하는 일도 꾸준히 하게 됩니다. 그래서인지 이제 이런 과정을 거쳐야 비로소 읽은 책을 제대로 소화한 기분이 든다는 회원도 꽤 많습니다. 운영자가 되면 모임에서 오가는 여러 대화를 연결하기도 해야 합니다. 다양한 회원을 고려하며 적절한 단어와 화법을 구사하려 노력하다 보면 자연히 말주변이 늘고 논쟁을 중재하는 능력도 생깁니다.

인문학 공부

책을 통해 특정 분야의 지식을 쌓고자 하는 이들의 모임도 있습니다. 성인이 된 후에 교양으로 철학, 문학 등을 제대로 공부해 보고 싶어 하는 이들이 꽤 있죠. 그들에게 독서는 그 자체로 공부이지만, 쉽지 않은 공부라 혼자 해내기는 아무래도 어렵습니다. 이럴 때 함께 공부할 사람을 모아 독서모임을 시작하면 만만치 않은 책을 생각보다 거뜬히 소화할 수 있습니다. 공부할 분야의 책을 함께 살피고 같이 읽을 책을 골라서 정독하고 요약하고 발표하다 보면 혼자 읽기는 엄두가 나지 않던 '벽돌책'도 차근차근 진도가 나갑니다.

저는 철학 공부를 해 보고 싶어 철학 독서모임을 만

들었습니다. 철학책을 읽고 싶은 마음은 굴뚝같은데 혼자서는 열 페이지 읽기도 버거웠거든요. 모인 회원들과 함께 묵직한 책을 놓고 매달 읽을 분량을 정하고 돌아가며 발제를 맡아 모임 때마다 조금씩 읽어 나간 결과 1,000페이지가 넘는 서양철학사 책을 완독할 수 있었습니다. 그 후에도 꾸준히 모임을 지속했고 책을 완독할 때마다 찾아오는 뿌듯함이 공부와 독서의 원동력이 되고 있습니다.

책을 통한 친교

첫 직장에 입사하기 전 제가 그리던 '직장인'의 일상에는 다양한 분야의 사람을 두루 만나며 인맥을 넓혀 가는 모습이 있었습니다. 하지만 입사 후 제 생활은 지극히도 한정적이었지요. 직장 동료, 거래처 사람, 늘 보던 사람과의 만남으로 반복되는 일상이 이어졌습니다. 그러다 보니 나누는 이야기도 늘 거기서 거기였습니다. 직장인도 다양한 인맥을 쌓으려면 사람이 모이는 자리를 적극적으로 찾아다녀야 한다는 걸 알았죠.

영화 모임, 등산 모임, 악기 연주 모임 등 세상에는 다양한 모임이 있습니다. 저는 다양한 사람이 속해 있으면서도 미약하게나마 제게 도움이 될 만한 모임을 찾고 싶었고, 기왕이면 그 모임을 통해 업무와 관련된 인맥도 넓히고 싶었습니다. 그래서 같은 직무를 가진 사람들의 독서모임을 만들었습니다.

마케터 책모임, 에디터 독서모임, 지역 내 교사들의 독서토론 모임. 이런 식의 모임을 만들면 각자의 자리에서 비슷한 일을 하고 있는 다양한 사람과 교류할 기회가 생깁니다. 대화의 중심에 책이 있으니 단순한 일상 이야기를 반복하기보다는 매번 새로운 이야기를 주고받을 수 있고요. 깊이 있는 대화가 겹겹이 쌓이며 서로 간의 연결고리도 단단해집니다.

한편 독서모임은 이미 친분 있는 사람들과 색다른 대화를 해 보고 싶을 때도 유용합니다. 친한 친구와는 별일이 없어도 종종 만날 일이 생기지만 자주 만나도 매번 비슷한 이야기를 나누게 되죠. 이런 친구들과 독서모임을 하면 서로에게 자극이 되는 의미 있는 대화를 나눌 기회가 생기고 몰랐던 속마음을 알게 되는 계기가 마련되기도 합니다. 서로를 더욱 깊이 이해하게 되는 거죠.

한번은 직장 내 독서모임에 참여한 적도 있습니다. 한 달에 한두 번 각자 책을 읽고 점심을 같이 먹으면서 서로의 감상을 나누는 방식으로 진행했지요. 사무적이기만 했던 관계가 순식간에 두텁게 발전했습니다. 그 덕에 회사 생활에 활력을 얻었고 아무리 바빠도 틈틈이 책 읽는 습관도 생겼습니다. 다만 조직 내 독서모임에서는 민주적으로 의견을 주고받는 분위기를 조성하는 것이 중요합니다. 직급 체계가 있는 조직에서 어울리는 자리이다 보니 다른 의견을 이야기하다 보면 때로는 눈치 보는 일이 생길 수 있기 때문입니다.

소개한 유형 중 단 하나의 목적으로 시작하든 복합적인 동기로 시작하든 책과 사람을 사랑하는 마음만 있다면 충분히 독서모임을 만들 수 있습니다. 섣부른 시작도, 서투른 운영도 괜찮으니 일단 모임을 시작해 보세요. 이후에 어떤 일이 일어나는지, 그 일들을 어떻게 해나가야 하는지에 대해서는 지금부터 자세히 이야기해 보겠습니다.

2
어디 가면 독서모임 할 사람들을 찾을 수 있죠?

　모임 개설 후 가장 먼저 넘어야 할 산은 회원 모집입니다. 내가 만든 독서모임에 모르는 사람이 과연 와 줄까? 아무도 안 오면 어쩌지? 걱정부터 되는 게 당연합니다. 저는 한 명이라도 함께하겠다고 하면 무조건 시작하겠다고 마음먹었습니다. 첫 모임 예상 인원을 소박하게 둘로 잡았죠. 운영자인 저와 창립 멤버 한 분. 다행히 첫 모임에 세 분이 오셨고 모임이 지속되자 조금씩 신청자가 늘었습니다.

　독서모임에 필요한 회원은 최소 세 명, 가장 적당한 수는 일곱이라고 생각합니다. 회원이 너무 적으면 나눌 이야기가 적어 모임이 빈약해지고, 반대로 많으면 산만해집니다. 일곱 명 정도 모였을 때 모든 회원과 적절하게 소통할 수 있고 이야기 내용도 적당히 풍성해집니다.

저는 회원을 모집할 때 정원을 열 명으로 정합니다. 열 명이 신청해도 대개 두세 명 정도는 결석을 하니 애초에 열 명을 모집해야 자연스레 적당한 인원으로 모임을 진행할 수 있습니다. 출판인 모임이나 마케터 모임처럼 색깔이 명확하거나 특정 분야 책 읽기를 목적으로 하는 모임은 보다 깊이 있는 대화를 위해 네댓 명이 적당했습니다.

학교 친구 혹은 직장 동료와 모임을 할 계획이라면 비교적 어렵지 않게 회원을 모을 수 있습니다. 평소 드물게라도 연락을 주고받던 이들을 만나 모임 취지와 운영 방향을 이야기하고 뜻이 맞는 사람을 모집하면 됩니다. 학교 홈페이지나 사내 인트라넷을 활용할 수도 있습니다. 이 경우에는 초기 멤버가 적더라도 모임을 꾸준히 지속하면 그 모습을 보고 합류하는 친구나 동료가 쉽게 늘어납니다.

회원 모집에 애를 먹는 경우는 아예 모르는 사람과 새로운 모임을 시작할 때입니다. 모임에 대한 정보도, 사람에 대한 정보도 없으니 둘 중 하나는 임의로 정한 다음 맞는 사람들을 찾아나서야 하죠. 이 경우에는 SNS를 활용하는 편이 가장 간편하면서도 효과적입니다. 상대의 입장에서 생각해 보세요. 새로운 독서모임을 만들든 이미 있는 모임의 회원이 되든 사람들은 일단 '독서모임'을 검색하는 데서부터 시작할 겁니다. 수많은 공지와 홍보 글이 뜨겠죠. 이 가운데 어떤 글에 눈길이 갈까요? 어떤 모임에 신뢰가 가고 마음이 열릴까요?

여러 가지 사항을 따져 보겠지만, 가장 먼저는 운영자가 어떤 사람인지 명확해야 믿음이 생길 겁니다. 다음으로는 어떤 책을 읽는 모임인지가 드러나야 취향에 맞는지를 따져 볼 수 있을 거고요. 그러니 SNS에 게재할 홍보 글을 쓸 때는 우선 진솔하게 자신을 소개하고 독서모임을 시작하려는 이유를 자세히 설명하는 편이 좋습니다. 어떤 분야의 책을 읽을 것인지, 여력이 된다면 첫 두 달간 어떤 책을 읽을 것인지, 여기에 더해 모임 장소와 시간, 회비까지 공지하면 기본 정보는 제공한 셈입니다. 이외에 책 선정 방식이나 모임 진행 방식, 모임 주기 등을 덧붙이면 더 친절한 안내 글이 되겠지요.

본격 회원 모집 공지 글을 올리기 전에 관심 분야를 드러낼 수 있는 다른 글을 미리 올려 두는 것도 도움이 됩니다. 가령 인문 교양서 읽기 모임을 준비할 때 눈에 띄는 인문 분야 신간 소개, 독후감, 좋아하는 저자의 소식(기사, 강연이나 북토크 소식) 등을 미리 업로드하면 준비하는 모임의 색깔과 운영자의 독서 취향이 자연스레 드러납니다. 간단한 밑 작업을 통해 사람들에게 모임에 대한 신뢰와 기대감을 심어 주는 거죠.

최근에는 동호회나 친목회 조직을 돕는 애플리케이션도 여럿 출시되었습니다. 앱스토어에서 '모임'을 검색해서 마음에 드는 애플리케이션을 설치하고 회원등록을 한 후 '독서모임'을 찾으면 지역, 성별, 모임 주기, 주로 읽는 책 등이 비교적 명확히 표시된 몇몇 모임을 발견할 수 있습니다. 이런 애플리케이션을 활용해 기존의 모임에 가입할 수도, 새로운 모임을 조직할 수도 있습니다.

동네 책방이나 작은 도서관의 네트워크를 활용하는 방법도 있습니다. 주변에 책방이나 도서관이 있다면 슬쩍 한번 방문해 보세요. 이미 독서모임 지원 프로그램을 갖추고 있는 곳도 있고, 그렇지 않더라도 모임 장소를 제공하거나 회원 모집 소식을 함께 알려 주는 곳을 찾을 수 있을 겁니다.

3
{ **첫 모임에서는 어떤 이야기를 하나요?** }

첫 모임은 오리엔테이션으로 진행하는 편이 좋습니다. 처음 만나는 자리는 누구에게나 어색하기 마련이니까요. 가볍게 만나 인사를 나누고 서로의 관심사와 모임에서 함께 읽고 싶은 책에 대해 이야기하다 보면 의외의 접점을 발견하게 되기도 하고 모임에 기대감이 생기기도 합니다. 저는 이 자리에 이름표를 만들어 가져갑니다. 서로의 이름을 익혀 부르면 약간의 친밀감이 형성되기도 하고 이후 모임의 분위기가 확 달라지거든요. 첫 모임에서는 어떤 대화를 주고받으면 좋을까요? 당연한 말이지만 '책을 중심'으로 독서 경험과 관심사를 두루 나눌 수 있는 질문을 준비하면 좋습니다.

• 독서모임을 신청한 동기는 무엇인가요?

- 오기까지 어떤 생각을 했나요?
- 앞서 다른 독서모임을 해 본 적이 있나요? 있다면 어떤 책을 주로 읽는 모임이었나요?
- 독서모임을 한다니 주변에서 뭐라고 하나요?
- 모임에 기대하는 것은 무엇인가요?
- 평소에 주로 어떤 책을 읽나요? 이유는 무엇인가요?
- 독서 습관은 어떤가요? 한 권을 다 읽고 새로운 책을 읽는 편인가요, 아니면 여러 권을 한꺼번에 읽는 편인가요?
- 책은 주로 어디에서 어떻게 읽나요?
- 가장 좋아하는 책이 있다면 소개해 주세요.
- 최근에 읽은 책을 소개해 주세요.
- 좋아하는 작가가 있나요? 좋아하게 된 계기는요?
- 책은 주로 어디에서 구입하나요? 얼마나 자주 사나요?

사람들이 거북해하지 않는다면 하는 일이나 책 이외의 관심사를 물어보는 것도 괜찮습니다. 물론 눈치 없이 나이나 결혼 여부 등을 집요하게 물어보면 안 되겠지만요. 모임이 지속되면 회원들은 자연히 마음을 열고 스스로 자기 이야기를 합니다. 그러니 첫 모임에서는 '분위기에 따라' 추가 질문을 건네는 편이 좋습니다.

나이나 직업 같은 개인 정보는 어떤 것도 묻지 않는 모임도 있다고 합니다. 책 이야기를 하기 위해 모였는

데 군이 신상을 밝힐 필요가 없다는 이유지요. 아예 이름 대신 별칭을 부르며 진행하는 모임도 있습니다. 개인 이야기를 불편하게 생각하는 분도 있으니 적절한 방법입니다.

저는 주로 나이나 직업, 관심사 정도까지는 자유롭게 공개하는 식으로 모임을 진행합니다. 터놓고 이야기할 수 있는 분위기를 형성하는 게 대화 중의 오해를 줄일 수 있는 방법이라 생각하기도 하고, 경험상 직업과 관심사를 공유한 모임에서 서로의 이야기에 더 쉽게 공감할 수 있었습니다. 모임에 더 돈독해지는 회원도 생겼고요. 다만 서로에 대해 많이 알수록 대화가 지나치게 개인적으로 흐를 위험도 있으니 운영자라면 그 '수위'를 적절히 조절할 필요가 있습니다.

테마가 확실한 독서모임의 경우에는 더 상세한 질문을 준비해도 괜찮습니다. 예를 들어 철학 독서모임의 첫 시간에는 철학과 관련된 질문들을 주고받는 겁니다.

- 어떤 계기로 철학책에 관심을 갖게 되셨나요?
- 철학 강연이나 세미나를 수강한 적도 있으신가요?
- 꼭 같이 공부하고 싶은 책이나 철학자가 있나요?
- 평소에 철학을 어떤 학문이라고 생각했나요?
- 철학 독서모임에 기대하는 것은 무엇인가요?

대화를 충분히 나누고 첫 모임이 마무리 될 때쯤에는 앞으로의 모임 운영에 필요한 사항을 논의해야 합니다. 당장 다음에 읽을 책과 발제자를 정하고 앞으로는 어떤 식으로 책을 고르고 발제자를 정할지, 모임 장소와 빈도에 불만은 없는지, 모임 공지는 어떤 경로로 하면 좋을지(카페나 블로그 개설이 필요할지, 혹은 주로 어떤 메신저를 이용하는지) 등을 상의하는 겁니다. 혹 운영자가 책을 선정하는 방식으로 모임을 진행할 예정이라면 선정 이유와 취지 등을 가능한 자세히 소개하는 편이 좋습니다.

　살짝 다른 이야기를 덧붙이자면, 모임 시간은 경험상 두 시간 내외가 가장 적당했습니다. 유독 시간 가는 줄 모르고 이야기에 빠져 들었던 때도 두세 시간을 넘겼던 적은 없습니다. 제가 운영하는 모임이 아닌 다른 모임에 회원으로 참석해 보니 한 시간은 준비가 부실하다고 느껴질 정도로 짧았고 세 시간은 지루했습니다. 그래서 저는 주로 모임 시간을 두 시간으로 정하고 휴식 시간은 따로 두지 않는 편입니다. 독서모임은 어느 시점에서부터 분위기가 고조되는데(대체로 모임 시작 후 30분이 지나 개략적인 감상을 나누고 본격적인 발제가 시작될 무렵) 그 흐름을 끊지 않고 싶어서입니다. 물론 제가 그렇다는 것이지, 휴식 시간은 각 모임 분위기에 따라 회원들과 상의해서 자유롭게 정하면 됩니다.

다시 하던 이야기로 돌아와, 첫 모임이 끝날 무렵 저는 늘 회원들에게 타인의 이야기를 경청하는 자세를 잃지 말자는 이야기를 전합니다. 모임을 지속하다 보면 특정인이 유독 발언을 많이 하는 일이 발생하곤 합니다. 이때 자연스럽게 발언 기회를 돌리는 요령은 '우리 모임은 모두가 골고루 발언하는 모임'이라는 점을 틈틈이 강조하는 것입니다. 첫 모임에서는 물론이고 평소에도 '타인의 이야기를 듣는 자세를 갖자'는 말을 이따금 해 두면 '자기 말만 끊는다'고 오해하는 일이 생기지 않을 뿐더러 회원 모두가 서로를 배려하는 분위기가 자연스레 형성됩니다.

회원들과 친해지고 나면 저는 가끔 첫 모임의 인상을 묻습니다. "처음 모임에 왔을 때 어떤 인상을 받으셨어요? 다음 모임에도 오겠다고 결심한 계기가 있나요?" 이때 생각보다 "순수하게 책에 집중해 대화하려는 운영 방식이 좋았다"고 대답하는 분이 많습니다. 독서모임에 오는 사람 가운데는 순전히 책이 좋아 모임을 찾는 분이 많죠. 그래서 운영자의 책과 독서에 대한 애정이 진실해 보이면 괜찮은 인상을 받는다고 합니다. 돌아보니 이런 준비 작업들이 모두 다음 모임을 기약하게 하는 토대가 된 셈입니다.

II
모임 준비하기

4

{ 책은 어떻게 고르세요? }

함께 읽을 책은 운영자가 고를 수도 있고 회원 모두가 돌아가며 고를 수도 있습니다. 나누고 싶은 책이 넘친다면 각각이 추천하는 책을 놓고 투표를 통해 선정할 수도 있겠지요. 저는 여러 방법을 시도해 보았습니다. 처음 독서모임을 만들었을 때는 의욕이 넘쳐 운영자 혼자 책을 고르는 방식을 택하려고 했습니다. 그랬더니 많은 사람이 만족할 만한 작품을 골라야 한다는 생각에 계속 부담이 되었습니다. 결국 '책 선택은 돌아가면서, 그날의 발제는 책을 선정한 사람이'로 규칙을 정했습니다. 마음이 한층 편안해졌죠. '책 선택은 돌아가면서, 발제는 운영자가' 하는 방식으로 운영했던 적도 있습니다. 역시 큰 부담은 없는 방식이었습니다.

그런데 책을 고른 사람이 결석하는 일이 생기기 시작

했습니다. 생각보다 쉽게, 많은 사람이 자신이 선정한 책을 읽는 날도 이런저런 사정으로 모임에 나타나지 않았습니다. 당황스러웠지요. 차라리 출석에 자신 없으니 책 선정은 하지 않겠다고 미리 말했다면 예비 발제문을 준비하거나 최소한 마음의 준비는 했을 텐데요. 독서모임에서 책을 고른다는 것은 다른 사람에게 책을 추천하고 읽힌다는 의미입니다. 이 책을 어떻게 만났는지, 왜 추천했는지, 함께 읽으며 어떤 이야기를 나누고 싶었는지를 이야기할 사람이 결석하면 사람들은 허탈해하고 마치 모임의 알맹이가 빠져 버린 기분이 듭니다. 이런 변수가 제게는 큰 스트레스였습니다. 일주일 내내 책을 붙들고 있으면서도 혹시 선정자가 결석하지는 않을까, 모임 당일까지 마음 졸이는 상황은 바람직하지 않다고 생각했습니다.

여러 번의 시행착오 끝에 모임을 시작한지 2년이 넘어가면서부터 책 선정과 발제 준비를 제가 전담하기로 했습니다. 때로는 부담스러웠지만 누군가 결석하지 않을까 매주 전전긍긍하는 것보다는 그 시간을 모임 준비하는 데 쓰는 게 낫겠다는 생각이 들었습니다. 어쩔 수 없이 시간은 조금 더 필요했습니다. 회원들과 돌아가면서 책을 고를 때는 모르던 책을 발견하는 재미도 있었는데, 그런 재미를 기대하기도 어려워졌고요. 하지만 모임 초기와는 달리 확실히 나름의 노하우가 쌓이기 시작했습니다. 가령 책의 목차와 대략의 내용만 보고서도 사람들이 좋아하겠다, 혹은 어려워하겠다는 것을 짐작할 수 있게 되었고, 읽으며 자연스럽게 '이 부분 이야기는 이런 식으로 끌고 가면 좋겠다'는 계획이 서기도 했습니다. 거듭된 이런 경험은 제게 독서모임 운영에 대한 자신감도 불어넣어 주었습니다.

지금은 모임에 따라 여러 방식을 적절히 섞어서 사용합니다. 예를 들어 철학 모임은 읽을 책 절반은 운영자가, 나머지 절반은 회원들이 선정하는 방식으로 진행하고, '1년 프로젝트' 모임에서는 회원이 돌아가며 책을 추천하고, 책을 선정한 사람은 반드시 발제문을 서너 개 만들자는 규칙을 정했습니다. 문학 모임에서는 함께 읽을 책을 선정하기 전에 먼저 회원들의 관심 작품을 묻는 시간을 갖습니다.

어떤 방식으로 책을 고르든, 운영자인 저는 이제 늘 새로운 책을 살피고 책을 다루는 여러 매체에 관심을 기울입니다. 그래야 자신 있게 책을 고르고 회원들에게 권할 수도 있으니까요.

다음은 제가 모임에서 함께 읽을 책을 찾기 위해 정보를 얻는 방법입니다.

스테디셀러 살펴보기+인터넷 서점 산책

책 고를 시간이 충분하지 않다면 서점에서 제공하는

도서 목록을 참고해도 좋습니다. 대부분의 서점이 베스트셀러와 스테디셀러, 이달의 추천 도서 등을 소개하죠. 경험상 독서모임에서 다루기에는 베스트셀러보다 스테디셀러가 적합합니다. 콘텐츠의 수명이 긴 데는 대체로 이유가 있으니까요. 모임 초반에 "이 책이 사람들에게 이토록 오래 사랑받은 이유는 뭘까요?"와 같은 질문을 던져 봐도 좋겠습니다. "앞으로 얼마나 더 이 책이 사랑받을 수 있을까요?" 같은 이야기를 나눠 보아도 좋고요. 스테디셀러에는 대개 회원들과 나눌 이야기가 많이 스며 있습니다.

모임을 시작했다면 수시로 주변 서점이나 인터넷 서점 홈페이지를 살피며 어떤 책이 오랫동안 사람들의 이목을 끌고 있는지 관찰해 보세요. 목차, 저자 이력, 출판사의 책 소개, 인터넷으로 미리볼 수 있는 책 일부만이라도 꾸준히 보는 습관을 들이면 책 고르는 연습을 자연스럽게 할 수 있습니다.

고전 엿보기

고전은 오래 읽히는 것을 넘어 시대를 초월해 그 가치를 인정받은 책입니다. 묵직한 질문을 담고 있는 경우가 많아 독서모임에서 나누기 적합하지요. 하지만 안타깝게도 '고전은 일단 재미가 없다'고 생각하는 사람이 많습니다. 책이 아무리 좋아도 회원 대다수가 버거워하면 모임의 분위기가 무거워지고요. 재미없는 모임은 결석률이 높습니다. 그러니 명성이 높은 고전이라고 무턱대고 선정하면 모임이 예상치 못한 위기에 봉착할지도 모릅니다.

그렇다면 고전은 피하는 게 답일까요? 모임의 결속력에 위협이 되니 고전만큼은 스스로 읽기를 권하는 게 최선일까요? 지속 가능한 독서모임을 위해서는 물론 모임의 재미가 중요합니다. 하지만 독서 편식을 개선하고 혼자 읽기 힘든 책을 함께 읽고자 독서모임을 찾는 이들에게 재미를 우선하는 모임은 오히려 더 외면당할지 모릅니다.

그러니 쉬운 일은 아니지만, 한 모임의 회원이 아니라 운영자가 되었다면 최소 일 년에 두어 권, 역량이 된다면 네댓 권 정도의 고전은 훑어보기를 권합니다. 함께 읽을 만한 고전을 고르고 회원의 성향을 고려해 흥미로운 발제를 할 수 있을 만한 책을 선택하는 겁니다. 도전할 만한 난도와 분량을 가진 양서, 지금 꼭 필요한 메시지를 담은 고전을 추천받으면 조금 버겁더라도 분명 함께 읽고 싶어 할 회원들이 나타날 겁니다.

이슈 탐색

뉴스를 보면서 현안에 맞는 책을 찾는 방법입니다. 예를 들어 비정규직 문제가 대두될 때는 노동 문제를 다룬 책, 외교 문제로 떠들썩할 때는 그 시점의 정세를 파악하는 데 도움이 되는 역사책을 선정하는 겁니다. 독서 편식을 개선하고 싶어 하는 회원이 많은 모임에서 이 방식으로 책을 선정하면 확실히 다양한 책을 만날 수 있습니다. 시시각각 쏟아지는 정보를 꾸준히 챙겨보려면 꽤 많은 시간과 노력이 필요하지만 독서 폭과 사회를 보는 시각을 동시에 넓히기에 아주 효과적인 방법입니다.

서평 읽기

신문이나 잡지의 문화면과 서평 페이지를 챙겨 보는 것도 당연히 도움이 됩니다. 주로 신간을 다루기 때문에 스테디셀러나 단단한 구간을 접할 수 있는 경로는 아니지만, 왜 이 책이 읽어 볼 만한 가치가 있는지 세세히 설명한 글을 읽다 보면 독서의 필요성이 강하게 느껴집니다. 왜 이 책을 썼는지 집필 동기가 자세히 담긴 저자 인터뷰를 읽는 것도 좋은 동기부여가 될 수 있습니다.

도서관 여행

서점에도 책이 많지만 다양한 책을 편견 없이 접하기에는 도서관이 더 좋은 장소일지 모릅니다. 서점에서는 베스트셀러나 광고 도서가 가장 좋은 곳에 화려한 모습으로 배치되는데 반해 도서관에서는 모든 책이 비교적 동등한 대우를 받죠. 소박하지만 분야별로 잘 정리된 도서관 서가 사이를 걷다 보면 의외의 알짜 책을 발견하는 기쁨을 느낄 수도 있습니다. 이 기쁨이 꽤 큽니다. 동네의 작은 도서관이라도 이제부터 주기적으로 방문하는 습관을 가져 보는 게 어떨까요? 책을 많이 읽는 것만이 아니라 다양한 책을 접하고 살펴보는 행위로도 독서모임 운영 내공을 단단히 다질 수 있습니다.

책 팟캐스트·북튜브 구독

스마트폰 덕분에 이제 언제 어디서나 책을 다루는 방송을 쉽게 접할 수 있습니다. 취향에 맞는 팟캐스트를 골라 정기적으로 듣다 보면 간간이 독서모임에서 다루고 싶은 책을 건질 수 있게 되죠. 최근에는 북튜브가 큰 인기를 끌고 있습니다. 책을 좋아하고 많이 읽는 이들이 개설한 북튜브 채널을 참고하면 책 추천은 물론 책과 관련된 다양한 콘텐츠를 부담 없이 재미있게 즐길 수 있고 모임에 도움이 될 만한 정보를 얻을 수도 있습니다.

어떤 방식으로든 함께 읽을 책을 고르다 보면 결국 지금 내게 가장 필요한 책, 내 인생에 꼭 필요한 책을 발견하기도 하고, 읽어야 할 책과 읽고 싶은 책이 무한히 늘어납니다. 책 고르는 재미와 독서의 기쁨이 배가 되죠. 나아가 나에게 좋은 책이 다른 사람에게는 그만큼 좋지 않을 수도 있다는 사실을 깨닫습니다. 반대로 나에게는 큰 감흥이 없었던 책이 다른 회원에게는 더없이 큰 감동을 주는 모습도 경험하고요. 독서모임이 좋은 것은 그런 여러 가지 감동과 해석을 두루 접할 수 있는 장이기 때문이기도 합니다. 실제로 오랫동안 여러 모임을 운영해 보니 사람들이 원하는 것은 집단 지성과 수준 높은 지식보다는 소통과 감상의 공유였습니다. 그러니 '내가 모임을 만들긴 했지만 책에 대해 가장 잘 아는 것은 아닌데……', '사람들이 내가 모르는 것을 물어보면 어쩌지', '내가 고른 책이 별로라고 하면 어떡하지', '이 책은 나에게만 좋았지 발제하기에는 부족할 수도 있는데, 괜히 가져갔다가 대화가 끊기면 어쩌지?' 같은 고민은 내려놓아도 괜찮습니다. 운영자는 어떤 책을 고를까도 고심해야 하지만 그보다는 어떻게 발제해야 좀 더 다양한 대화가 오갈 수 있을까를 찾아내는 것이 더 중요하다고 생각합니다.

그렇다 해도 책 고르는 연습은 꾸준히 합시다! 어쨌든 독서모임에는 늘 좋은 책이 필요하니까요.

5
{ **발제를 꼭 준비해야 하나요?** }

　책을 정하고 나면 발제 준비를 해야 합니다. 발제 이야기를 하면 "반드시 발제를 준비해야 하나요?" "발제문이 반드시 있어야 하나요?" "발제를 대체 어떻게 하는 거예요?"라고 질문하는 회원이 있는데, 반드시 해야 하는 건 아닙니다. 모임에 따라 가볍게 감상만 나누는 식으로 진행할 수도 있죠. 하지만 저는 최소한의 발제 준비는 하는 편이 좋다고 이야기 합니다. 경험상 준비 없이 진행되는 모임에서는 이야기가 금세 바닥났기 때문입니다. 가벼운 감상을 나누는 것만으로는 책에 관한 이야기를 충실히 하기 힘듭니다.

　발제는 독서모임의 뼈대라고 생각하면 됩니다. 곁길로 빠지는 대화의 중심을 잡고 다양한 대화를 이끌어내모임에 활력을 불어넣고, 모임 전반의 분위기를 돋워

모임의 지속성에도 영향을 끼칩니다. 그러니 처음에는 막막하게 느껴지더라도 발제 준비하는 습관은 들이는 편이 좋습니다.

물론 발제에도 정해진 답은 없습니다. 책을 꼼꼼히 읽고 관련 정보를 찾으며 회원들과 공유하고 싶은 것을 정리하고, 혼자서는 생각이 잘 정리되지 않아 다른 사람들의 의견을 구하고 싶은 지점을 표시해 서너 가지 질문지를 만들면 됩니다.

다음은 제가 주로 하는 두 가지 준비 작업입니다.

다시 볼 문장에 밑줄, 생각해 볼 문단에 메모

몇 년간 거의 매주 독서모임 발제를 준비하다 보니 언제부턴가 모든 책을 발제 준비하듯 읽는 습관이 생겼습니다. 늘 연필과 포스트잇을 쥐고 책을 읽는 겁니다. 사소한 내용이라도 한 번은 다시 훑어봐야겠다는 생각이 들면 모두 밑줄을 긋습니다. '이 부분은 모임에서 같이 이야기해 봐야겠다'는 생각이 들면 포스트잇을 붙이고 '이야기'라고 메모하고요. 기억하고 싶은 멋진 표현이 눈에 띄어도 역시 포스트잇을 붙이고 '표현'이라고 메모합니다. 책이 좀 지저분해지지만 제게는 가장 안도감을 주는 독서법입니다.

발제를 준비할 때 가장 좋은 것은 책을 반복해서 곱씹어 읽는 것입니다. 책은 읽을수록 새롭게 다가오는 경우가 많고 해석도 매번 달라지니까요. 하지만 매번 책을 두 번 이상 읽을 시간이 나는 것도 아니고 두 번 이상 읽기 어려운 책도 많습니다. 그래서 이 방법을 사용합니다.

책을 처음 읽을 때는 쉴 새 없이 밑줄을 긋고 여기저기 포스트잇을 붙이며 그야말로 정독을 하고, 두 번째부터는 밑줄 친 부분 위주로 빠르게 읽어 내려 가는 겁니다. 밑줄 친 부분에서 줄 친 이유가 떠오르지 않으면 그 밑줄은 과감히 삭제합니다. 두 번을 읽어도 여전히 좋은 표현만 모임에 가져가는 거죠. '이야기', '표현' 포스트잇이 붙어 있는 부분은 반드시 다시 봅니다. 발제의 토대가 될 요소이기 때문입니다.

"인상 깊었던 구절을 나눠 볼까요", "저는 이 표현을 이렇게 이해했는데, 다른 분들은 어떻게 읽으셨는지 궁금합니다", "이 지점에서 주인공의 심경 변화가 뚜렷하게 나타난 것 같은데, 변화의 계기가 된 사건이 무엇이었을까요?" 등과 같이 두서없이 쓴 메모들을 정리하고 발전시키면 발제 항목이 쉽게 정리됩니다.

책의 주변 이야기 검색

책을 꼼꼼 읽은 후에는 책 주변이나 책 바깥에서 모임에서 나눌 만한 이야기를 찾아볼 수도 있습니다. 출간 당시의 시대 배경을 알아야 책 내용을 제대로 파악할 수 있는 경우도 있고, 작가의 생애나 이력을 알면 사뭇 다르게 다가오는 작품도 있습니다. 저자 인터뷰나 서평 등을 통해서는 책의 출간 의의나 장단점을 쉽고 분명하게 파악할 수 있으며, 팟캐스트나 북튜브를 찾아보면 행간에 숨은 의미나 책에는 드러나지 않은 뒷이야기 등을 알게 되기도 합니다. 독특한 이력을 가진 작가의 책을 함께 읽기로 했다면 모임 초반에 작가에 대한 이야기를 먼저 나누는 것만으로도 대화가 흥미로워집니다. 훌륭한 서평은 그 자체로도 함께 읽어볼 만한 가치가 충분하고요. 그러니 발제 준비를 하면서는 책 바깥에서도 모임에서 나눌 만한 책에 관한 정보를 두루 찾아보는 것이 좋습니다. 발제가 훨씬 다채로워집니다.

좀 더 폭을 넓혀서, 책을 원작으로 하는 영화가 있거나 영화가 원작인 책을 다룰 때는 두 가지를 함께 보고 발제를 준비해도 좋고, 아예 모임 전에 회원들에게 공지해 영화와 책을 함께 발제해도 재미있습니다.

최근에 저는 북튜브와 팟캐스트에서 정보를 많이 얻습니다. 책을 성실히 읽고 제대로 리뷰하는 북튜버와 캐스터가 생겨나고 있고, 책 이야기를 어떻게 풀어 나가는지 방송의 순서를 유심히 살펴보면 모임을 어떤 방식으로 이끌어야 할지 방향이 잡히기도 하거든요. 여러 발제 항목을 어떤 순서로 배열하면 좋을지 참고할 수도 있습니다.

두 가지 사전 작업 중 더 중요한 것은 물론 정독입니다. 시간이 넉넉지 않거나 책을 제대로 소화하는 것만으로도 부담이 된다면 과감히 책에만 투자해야 합니다. 그래야 '독서모임의 뼈대'가 되는 발제를 할 수 있습니다.

발제'문'을 반드시 공유할 필요는 없습니다. 발제문은 좋은 발제의 필수조건이 아닙니다. 저 역시 독서모임을 진행하면서 준비한 발제를 단정한 문장으로 정리해 모임 시작 전 회원들에게 공유한 적이 있지만, 매번 발제'문'을 만드는 데 너무 많은 시간이 필요했습니다. 모임 일정에 맞춰 책을 꼼꼼하게 읽고 발제 준비를 하는 데만도 만만치 않은 시간이 들어가는데, 발제문을 공유하려니 문서 만드는 작업까지 추가로 해야 했습니다. 혼자만 보는 발제문을 준비하는 것과 누군가가 본다고 생각하고 글을 정리하는 것은 소요 시간이나 노력 면에서 꽤 큰 차이가 있습니다. 발제문을 만드는 시간에 차라리 책을 한 번 더 살펴보거나 자료를 하나라도 더 찾는 편이 낫겠다는 생각이 들었습니다.

중요한 것은 현장에서 체계적으로 이야기를 끌어가는 것입니다. 문서로 공유하지 않더라도 모임에서 나눌 주제가 발제자의 노트 혹은 머릿속에 확실히 정리되어 있고, 그걸 회원들 앞에서 제대로 소화할 수만 있다면 충분합니다.

그럼에도 발제'문'이 도움이 되는 몇 가지 경우

물론 발제문을 원하는 분도 있고 '모임 전'에 미리 공유하면 얻을 수 있는 장점도 있습니다. 회원들에게 모임에서 나눌 중심 대화 주제를 미리 알려서 생각할 시간을 벌어 주는 겁니다. 그러면 자기 의견과 할 말을 찬찬히 생각해 와서 좀 더 논리적으로 발언하는 회원도 있고 대화 분위기가 더 활발해지기도 합니다. 따라서 경우에 따라 깊은 토론 형식으로 진행할 모임이라면 발제문을 미리 공유하는 편이 좋을 수 있습니다.

대화 분위기가 잘 잡히지 않는 산만한 모임에서도 발제문이 유용하게 쓰이는 경우가 있습니다. 이야기가 딴 길로 샐 기미가 보이면 넌지시 "우리 발제문으로 돌아갈까요? 아직 함께 나눌 주제가 많습니다"라고 화제 전환을 유도하는 겁니다. 반대로 대체로 소극적인 회원들이 모여 대화가 뚝뚝 끊어지는 모임에서도 발제문을 놓고 "우리 3번까지 이야기했죠? 이제 4번으로 넘어갈까요?" 하며 순서대로 진행하면 큰 어려움 없이 모임을 진행할 수 있습니다.

때로는 발제문이 일종의 독서 가이드 역할을 할 때도 있습니다. 발제문을 보면서 좀 더 세심히 볼 부분을 미리 체크할 수도 있고, 읽기 어려운 책인 경우 어떤 배경

지식이 필요한지 미리 파악해서 책 내용을 이해하지 못해 우왕좌왕하는 일을 줄일 수 있기 때문입니다.

하지만 이런 이유로 발제문을 미리 보는 게 좋지 않다는 견해도 있습니다. 발제문 때문에 사고의 틀이 좁아져서 더 뻗어 나갈 수 있는 생각을 한계 짓기도 하고 해 봄 직한 대화를 하지 못하게 되는 경우도 생긴다는 겁니다. 어떻게든 자기 방식으로 책을 읽고 자유롭게 생각한 후 독서모임에서 대화하고 싶다는 분도 있습니다. 이런 분들은 발제자 혹은 운영자가 큰 줄기만 잡아주고 세세한 가지는 회원들이 쳐 나가는 방식의 대화를 선호합니다. 경험해 보니 신선한 견해는 확실히 그런 식의 모임에서 더 자주 접할 수 있었습니다.

정리하면, 발제 준비는 가급적 하는 편이 좋지만 발제문은 될 수 있는 한 간소화하고 필요하지 않다면 과감히 제외해도 됩니다. 독서모임에서 중요한 것은 내용이지 형식이 아닙니다. 발제문 없이도 탄탄한 내용이 오간 모임은 머릿속에 오래 남지만, 잘 갖춘 발제문을 놓고도 오간 대화가 부실하면 회원들은 그 모임에서 만족할 만한 감상과 지식을 얻지 못합니다.

6
책 읽을 예닐곱 명이 모이기 적합한 장소는?

독서모임 장소 역시 분위기에 큰 몫을 담당합니다. 모임하는 장소의 분위기가 산만하면 회원들이 모임에 집중하지 못하고 발제 준비를 아무리 잘해도 대화가 흩어지는 일이 생깁니다. 서너 명이 모일 공간이야 어디서든 쉽게 찾을 수 있죠. 하지만 모임 규모가 조금 커져서 예닐곱 명이 서로의 이야기를 경청할 수 있을 정도의 '적당히 조용하고 쾌적한 공간'을 찾으려면 시간과 발품이 꽤 듭니다.

저는 북카페나 출판사가 많은 합정동 인근에서 시작했습니다. '독서모임 겸 북카페 투어'라는 콘셉트를 잡고 초기 모임을 진행했죠. 북카페는 대개 분위기도 좋고 조용한 편입니다. 서가에서 뜻밖의 책을 발견하는 소소한 즐거움도 얻을 수 있고요. 대화를 나누기가 눈치 보일 정도로 조용한 곳만 피한다면 독서모임 하기에 최적의 장소입니다.

단점은 자리 확보가 어렵다는 점입니다. 분위기 좋고 조용하고 쾌적한 북카페는 책을 좋아하고 혼자 독서할 공간을 찾는 이들이라면 누구나 좋아하는 공간이기에 조용하면서도 빽빽이 붐비는 시간이 많습니다. 때문에 모임 전에 미리 방문해서 자리가 있을지 확인해 두지 않으면 낭패 보는 일이 생깁니다. 한 곳을 정해 지속적으로 방문한다고 해도 이런 일을 피하기는 어렵습니다. 평소에는 한적하다가도 어느 날 갑자기 혼잡해질 수 있는 공간이 카페니까요.

그래서 조용하면서도 늘 자리가 확보되는 공간으로 찾아낸 곳이 부담스럽지 않은 금액으로 예약할 수 있는 한 청년 공간의 세미나실이었습니다. '스터디룸', '회의실 대여' 등으로 검색하면 찾을 수 있는 장소입니다. 이런 곳은 대개 예약제로 운영하기에 사전 답사할 필요가 없고 소음도 없습니다. 다만 밀폐된 공간을 답답해하는 회원이 간혹 있습니다. 예약한 시간 동안만 이용할 수 있으니 모임이 길어지는 경우에는 열띤 토론을 끊어야 하는 일도 있고요. 예고 없이 모임에 결석하는 회원이 두 명 이상이면 필요 이상으로 넓은 공간을 사용하고 필요 이상의 비용을 지불해야 하는 상황도 생겼습니다. 이런 이유로 이 공간에서 꾸준히 모임을 이어 나가기도 쉽지 않았습니다.

동네 책방, 마을 도서관, 공공기관의 열린 공간 등도 활용해 보았습니다. 제각각 장단점이 있었습니다.

동네 책방 가운데는 비교적 한가한 시간에 책 관련 모임을 하는 사람들에게 책방을 개방하는 곳이 있습니다. 무료인 경우도 있고 유료인 경우에도 대개 부담스럽지 않은 금액입니다. 작은 책방은 책방지기가 큐레이션한 서가로 꾸며진 공간입니다. 대형 서점에서는 눈에 띄지 않던 좋은 책을 발견할 수 있고 책 고르는 데 도움을 받을 수도 있죠. 독서모임하기에 더없이 좋은 장소입니다. 책방 입장에서도 독자가 꾸준히 드나들고 단골손님이 될 잠재력이 있는 분들을 유치할 수 있으니 서로에게 좋은 일일 수 있습니다. 그러니 주변에 모임할 수 있을 만한 동네 책방이 있다면 문의하거나 먼저 제안해 보세요. 물론 모임 중에 책을 사러 오는 손님도 있을 테니 모임 규모가 너무 크면 영업에 방해가 될 수도 있습니다. 5명 내외의 소규모 독서모임에만 추천하는 장소입니다.

최근에는 독서모임을 장려하는 마을 도서관과 공공기관도 많아졌습니다. 방문하거나 문의하면 뜻밖에 훌륭한 공간을 확보할 수도 있습니다. 서울시민이라면 '서울시 공공서비스 예약' 사이트를 이용해 보세요. 구별로 사용 가능한 공간과 시간을 한눈에 볼 수 있고 저렴한 비용으로 예약할 수 있습니다. 다른 지역에도 명칭은 다르지만 비슷한 서비스가 마련되어 있습니다. 주로 '청년들을 위한 공간 대여'와 같은 취지로 운영하고 있으니 'OO시/OO구 청년 공간'을 검색해서 찾거나 가까운 주민센터에 문의해 보세요.

회원들이 제각각 다른 동네에 산다면 돌아가면서 회원의 동네를 찾는 방식도 괜찮습니다. 동네를 벗어나 독서모임하는 것을 고단해하는 회원들 때문에 시도해 보았다며 다른 모임 운영자가 알려주었는데, 예상보다 반응이 좋다고 합니다. 다들 자신이 사는 동네에서 모임하기 적합한 장소 한 곳쯤은 추천할 수 있으니 장소 선택의 부담을 나눠 질 수도 있고, 모임 내 친목을 도모하는 데도 도움이 된다고 합니다.

7
지속 가능한 모임을 위한 최소한의 규칙

"사람들이 전부 책을 읽고 온다고? 자기가 고른 것도 아니고 남이 고른 책을?"

"평일 저녁이면 갑자기 회사 업무가 생겨서 결석하는 사람도 있지 않아요? 한 명 정도면 괜찮겠지만 대여섯 명 중에 두 명 이상 결석하면 모임이 제대로 돼요?"

독서모임을 한다고 하면 주변에서 으레 듣는 말입니다. 처음에는 이해하지 못했죠. 그런 게 뭐가 문제가 될지. 아예 독서와 담쌓고 지내는 사람이라면 모를까 스스로 독서모임에 참여하겠다고 한 사람이라면 다른 건 몰라도 책은 (적어도 절반은) 읽어 올 거라 생각했습니다. 사정이 생겨 결석하는 몇 사람이 문제가 될 거라고도 예상하지 못했습니다.

하지만 몇 번 반복하고 보니 독서모임에는 규칙이 필

요했습니다. 매번 예고 없이 결석하는 분이 있었고 정말 책을 조금도 읽지 않고 오는 분도 있었습니다. 책을 다 읽고 제 시간에 오더라도 모임 때마다 혼자만 길게 발언하려는 분도 있었고요. 이 모든 변수가 모임 분위기를 크게 좌우했고, 반복되니 모임 전체가 흔들렸습니다. 모임을 유지하기 위해서라도 최소한의 규칙을 정해야 했습니다.

고민 끝에 과감하게 결석에 대한 규칙부터 만들었습니다. 이유 없이 결석하는 사람이야 없을 거라 믿었지만 운영자 입장에서 먼저 배려해야 하는 쪽은 바쁜 시간을 쪼개서라도 모임에 열심히 나오는 사람들이었습니다. SNS를 통해 새롭게 모임 참여 의사를 전하며 빈자리가 나길 기다리는 사람도 있었습니다. 언제 다시 올지 모르는 사람을 기다리느라 열심히 참여하는 회원과 자리가 나길 고대하는 회원을 실망시킬 수는 없었죠. 조심스럽게 회원들의 의사를 물었습니다. 모두 '노쇼' 회원에 대한 서운함이나 불만을 가지고 있었습니다. 결국 '2회 연속 결석 시 탈퇴'라는 규칙을 만들었고 이후 새로 개설한 모임에서는 아예 시작부터 이 규칙을 공표했습니다. '내가 만든 모임에 사람들이 와 주기만 해도 좋겠다'고 생각했던 저로서는 정말 큰 결단이 필요했던 일이지만 잘한 결정이라 생각합니다. 이후 모임 참여율과 기존 회원들의 만족도가 한층 높아졌습니다.

두 번째로 해결해야 했던 변수는 책을 읽지 않는 회원들입니다. 앞서 이야기했듯 독서모임의 묘미는 책을 둘러싼 다양한 의견을 듣고 나누는 데 있습니다. 의견은 독서와 사유 속에서 만들어지죠. 책을 제대로 읽지 않으면 의견을 정립하기 힘들고 발언을 피하거나 책과 상관없는 이야기를 하는 일이 벌어집니다. 그런 회원이 많아질수록 대화는 개인 에피소드 중심으로 흐르고 모임 분위기가 산만해집니다. 책을 열심히 읽은 회원은 원했던 토론을 하지 못하면 아쉬워하고 책과 무관한 이야기가 길어지는 것을 불편해합니다.

매번 책을 완독하기는 분명 쉽지 않습니다. 하지만 '책 중심 독서모임'의 전제조건은 '가능한 모든 회원이 책을 완독하는 것'입니다. 저는 매 모임 때마다 "다음 모임 때는(다음 모임 때도) 책을 다 읽고 오자"고 목소리를 내는 편입니다. '완독'은 규칙으로 정해도 대수롭지 않게 여기는 회원이 있고, 잘 지켰는지 확인할 수도 없는 일이지요. '위반 시 탈퇴'와 같은 세부 규정을 붙일 수도 없습니다. 틈틈이 강조하는 수밖에 없죠. 완독하는 분위기로 완독을 장려하는 겁니다.

그래서 시간과 노력이 꽤 필요한 일이지만 한번 분위기가 잡히면 그 모임에서는 책을 안 읽고 모임에 와도 된다는 생각이 설 자리를 잃습니다. '매번 한두 명 정도는 상습적으로 책을 읽지 않고 오는 모임'과 '어쩌다 한

두 명 정도 책을 읽지 않고 오는 경우가 있는 모임'은 분위기가 확연히 다릅니다. 책을 읽지 않은 회원의 발언 태도도 굉장히 다르고요. 독서모임에서 독서는 선택 사항이 아닙니다. 완독에 대한 규칙은 어렵더라도 반드시 세워 두어야 하고, 그래야 독서모임다운 독서모임을 오랫동안 재미있게 할 수 있습니다.

마지막 변수는 발언을 지나치게 길게 하는 회원입니다. 처음 이런 분을 만났을 때는 당황스러워서 어찌할 줄을 몰랐습니다. 다른 회원들이 조금씩 불편해하는 기색을 보이면 그때부터 온갖 생각이 들끓었지요.

'말을 끊어야 하나? 어느 시점에 어떻게 끊어야 하지? 그랬다가 저분이 기분 나빠하면 어쩌지? 이제 곧 끝날 수도 있는데 괜히 끼어들어서 분위기만 망치는 거 아닌가?'

정말이지 대책이 서지 않아 내내 이야기하는 사람을 바라만 보면서 혼자 애끓었습니다. 그러다 어느 날 용기를 내어 손을 들고 이야기했습니다.

"죄송한데 이제 다른 분 이야기도 좀 들어 볼까요?"

다행히 말씀하시던 분이 조금도 기분 나빠하지 않고 이야기를 정리했습니다. 내심 함께 답답해하던 회원들도 좋아했습니다. 그래서 이제는 개의치 않고 이야기합니다.

"독서모임에 오는 이유는 다들 다른 분의 의견도 들

고 싶어서일 겁니다. 여러 의견을 경청하는 분위기를 만들려면 모두의 협조가 필요합니다. 말을 하다 보면 자기도 모르게 이야기가 길어지거나 다른 방향으로 흐를 때도 있는데, 그럴 때는 제가 발언을 정리해 달라고 조심스럽게 말씀드리겠습니다. 모두가 동등하게 이야기할 수 있게 하려는 규칙이니 이해해 주세요."

모임 초반부터 이런 규칙을 정해 전달하면 회원들은 오히려 좋아합니다. 다들 독서모임 이외의 자리에서 비슷한 경험을 해 본 적이 있기 때문일까요?

앞서 밝혔듯이 저도 독서모임을 어느 정도 운영해 본 후에야 모임 규칙이 필요하다는 것을 깨달았습니다. 없던 규칙을 새롭게 정해야 할 때는 회원들의 반응을 미리 걱정하며 오랫동안 미련하게 고민을 하기도 했고요. 하지만 진심으로 모임을 위해 제안하는 규칙을 고깝게 받아들인 회원은 이제껏 없었습니다. 덕분에 이젠 기본적인 규칙은 모임 시작 전에 미리 알리고 새로운 규칙이 필요하거나 기존의 규칙을 수정해야 할 때는 가장 먼저 회원들과 상의합니다.

벌써 6년째 제가 독서모임의 매력에서 빠져나오지 못하고 있는 건 어쩌면 이 소소한 규칙들이 만들어 준 견고한 장치 덕분이 아닐까요? 상대적으로 많은 부담을 져야 하는 운영자를 비롯해 회원들 모두가 흥미를 잃지 않고 지속적으로 독서모임을 하려면 서로에 대한 기본

적인 예의와 규칙이 반드시 필요합니다.

III
모임 운영하기

8
모임은 어떤 순서로 진행하나요?

독서모임을 진행하는 데 특별한 순서가 필요하지는 않습니다. 회원 모두가 자유롭게 발언하고 의견을 고루 교환할 수 있으면 괜찮은 모임입니다. 하지만 큰 줄기도 잡지 않고 흘러가는 대로만 진행하면 꼭 언급해야 할 주제를 놓치거나 의도치 않게 동등한 발언권을 주지 못하는 경우가 생깁니다.

저는 시행착오 끝에 언젠가부터 나름의 순서를 정해서 모임을 운영합니다. '감상-발제-기억에 남는 구절 공유'를 큰 줄기로 삼고, 경우에 따라 좀 더 세분화할 필요가 있으면 다음 순서에 따릅니다.

책 선정의 변+간단 책 소개

독서모임에서 함께 읽을 책을 고를 때는 혼자 읽을 책

을 고를 때보다 조금 더 깊이 고민하게 됩니다. 평소 좋아하던 책을 사람들과 나누고 싶어서 추천하는 경우도 있지요. 본격적으로 이야기를 나누기 전에 책을 선정한 사람이 이 책을 어떻게 만났는지, 왜 모임에 이 책을 소개하고 싶었는지, 이 책이 자신에게 어떤 의미인지 설명하면 회원들에게 그날 모임과 책에 대한 기대감을 심어 줄 수 있습니다.

그러고 나서 인터넷 서점의 책 소개나 책에 관한 기사 등을 이용해 책과 작가에 대해 간단히 소개합니다. 이때 제목과 표지에 대한 의견을 가볍게 나누는 것도 좋습니다. 첫 인상은 어땠는지, 책을 다 읽은 후의 느낌은 어떤지 등으로요. 번역서를 다룬다면 원서의 제목과 표지를 함께 놓고 대조해 보는 것도 재미있습니다.

한 줄 평

돌아가면서 간단한 감상을 이야기하는 시간입니다. 각자 책에 대한 전반적인 호감도를 드러내 본격적인 이야기가 시작되면 어떤 방향으로 발언할지 예고하는 작업이기도 합니다. 간단하게 "올해 읽은 책 중 가장 어려운 책", "주인공의 심경을 조금도 이해할 수 없었다", "한주 내내 책에 푹 빠져 있었다" 등으로 이야기해도 좋고 조금 더 뚜렷하고 구체적인 감상을 이야기해도 괜찮습니다.

모임 날까지 생각이 정리되지 않아 전체적인 느낌을 한 줄로 정리하기 어려워하는 회원도 많습니다. 이런 경우에는 모임 시작 전에 한 줄 평 작성 시간을 갖는 것도 좋은 방법입니다.

가능한 지각하지 말자는 규칙을 정하더라도 지각하는 사람은 있기 마련이죠. 모임 시작 후 10분을 한 줄 평 작성 시간으로 정해 두면 지각하는 회원을 기다리느라 시간을 허비하는 일이 없어집니다.

발제

전반적인 감상을 나누고 나면 본격적으로 책 이야기에 들어갑니다. 모임 시간이 두 시간일 경우 보통 한 시간 이상을 발제하는 데 쓰게 됩니다.

문학책을 선정했다면 인상 깊게 본 장면과 인상 깊었던 이유, 공감이 갔던 인물과 공감한 이유부터 이야기해도 좋고 작품의 배경이 되는 장소와 시대부터 다루는 것도 흥미롭습니다. 비문학 도서는 저자가 가진 문제의식에 대해 각자 어떻게 생각하는지 토론하며 책 전반을 먼저 다루고 세부 이야기로 들어가는 방법도 있고, 각 장 혹은 각 꼭지가 다룬 세세한 이야기에서 책 전체로 이야기를 확장해 나가는 방법도 있습니다.

발제자나 운영자는 필요에 따라 화제의 범위를 넓힐 수도 있겠지만, 이야기가 딴 데로 새지 않게 중간 중간 사람들이 어떤 이야기를 하고 있는지 점검할 필요가 있습니다. 특정 회원만 길게 발언해서 다른 회원들이 불만을 가지지 않게 발언 시간을 조정하는 역할도 해야 합니다.

기억에 남는 구절 공유

발제가 마무리되면 분위기를 조금 이완시켜서 각자 인상 깊었던 구절을 공유하는 시간을 갖습니다. 공감 가는 구절이라 표시해 두었지만 그날 발제와는 관련이 없어 말하지 못한 부분이 있을지 모르니까요.

돌아가면서 이야기하자고 하면 너무 많아서 하나만 고르기 어렵다는 회원도 있고, 인상 깊은 구절이 없다는 회원도 있습니다. 상황에 따라 역시 발제자나 운영자가 발언 시간을 배분하면 됩니다. 읽고 나서는 왜 그 구절을 골랐는지, 일상에서 그 구절의 의미를 특별하게 느낀 사례가 있는지 등을 이야기합니다. 서로가 꼽은 구절을 나누고 나면 새삼 새롭게 다가오는 부분이 생기고 혼자 책을 읽었을 때와는 다른 느낌을 받기도 합니다.

감상 나눔

책은 지식을 전하기도 하지만 읽는 사람의 마음을 움직이기도 하기에 읽고 나면 여러 가지 감상이 떠오릅니다. 이런 감상의 배경에는 개인적인 상황이 놓여 있는 경우가 많죠. 그 모든 이야기를 시시콜콜 터놓기는 어렵겠지만, 책을 통해 돌아보게 된 자기 감정이나 일상, 책에서 위로받은 경험 등을 이야기하면 같은 시기에 같은 책을 함께 읽은 사람들에게 큰 공감을 얻는 경우가 있습니다. 독서모임의 대화가 너무 개인 에피소드 중심으로 흐르는 것은 조심해야겠지만, 개인적인 감상을 솔직하게 나누면 대화가 더 풍성해지고 뜻밖의 감정적 지지를 얻는 일도 생깁니다. 탄탄한 발제 후 감상까지 나누고 나면 이제 슬슬 모임이 마무리됩니다.

모임 마무리

앞서 책에 관한 한 줄 평으로 모임의 문을 열었다면, 마지막으로는 모임에 관한 한 줄 평을 나누는 것도 괜찮습니다.

제가 운영하는 모임에서는 종종 "모임에 오기 전 혼자 책을 읽었을 때 가지고 있던 감상이 독서모임에서 이야기를 나누면서 바뀌었다"라고 말씀하는 분도 있고 "이 책의 결말을 해피엔딩이라 해석했는데 다른 사람들의 이야기를 들어 보니 해피엔딩보다는 열린 결말에 가까운 것 같다. 내 시각으로는 보지 못한 점을 모임에 와서 느꼈다"며 모임 전후의 감상을 비교해 말씀하는 분도 있습니다. 특별한 감상이나 평이 없다면 간단히 모임에서 나눈 대화 중 기억에 남는 말을 다시금 언급하며 마무리해도 좋습니다.

저는 '제가 생각하는 독서모임에서 반드시 나눠야 할 이야기'를 자연스럽게 끌어내기 위해 이 순서대로 모임을 진행하지만, 순서에도 역시 정답은 없습니다. 한두 차례 모임을 진행하면서 나에게 잘 맞는 방식, 우리 모임에 적합한 순서를 찾는 편이 가장 좋습니다. 더 중요한 것은 그날그날 분위기에 맞는 화제를 순발력 있게 제시하는 것이겠고요.

모임 종료 후 다음 모임 장소와 날짜, 함께 읽을 책을 다시 한번 공지하는 것도 잊지 마세요. 다음 모임 때도 반드시 책은 다 읽고 만나자는 권유와 함께요!

9

지정한 같은 책을 읽을 것인가,
자유롭게 각자의 책을 읽을 것인가

　독서모임에서 읽는 책은 각자 자유롭게 선택할 수도 있고 협의를 통해 한 권으로 지정할 수도 있습니다. 저는 주로 책 한 권을 선정해서 함께 읽고 이야기하는 식의 모임을 운영하며, 이 책 역시 그 방식에 맞추어 썼습니다.

　저는 한 권의 책을 지정해서 읽고 이야기 나누는 방식이 독서모임의 수많은 장점을 제대로 구현하는 방식이라고 생각합니다. 혼자서는 읽기 버거운 책을 독서모임에서는 함께 읽기에 겨우라도 읽어 낼 수 있게 되며, 나의 감상과 후기뿐만이 아니라 다른 사람의 감상까지 접할 수 있기에 책을 더 깊이 읽고 더 오래 기억하게 된다고 생각합니다. 같은 책을 놓고도 나와 완전히 다른 견해를 보여 주는 회원들 덕에 편견에 빠지지 않고 넓은 시야를 가지게 되며, 완독하지 않으면 발제를 따라갈 수 없을 거라는 부담감 때문에 완독 습관이 생기고 책 읽는 속도도 빨라진다고 생각합니다.

하지만 읽고 싶은 책을 자유롭게 선택해서 읽고 모임에서 각자 읽은 책에 대해 이야기하는 모임에도 그만의 장점이 있으며, 그 방식을 선택하는 모임도 많습니다. 제가 운영하는 모임 내에도 각자 다른 책을 읽는 모임을 궁금해하는 회원들이 있어서 가끔 이벤트 식으로 자유 도서 읽기 모임을 진행합니다. 그렇게 진행한 모임 가운데 가장 좋았던 것은 '시 낭독＋필사' 모임이었습니다.

매달 한 권의 시집을 선정해서 읽고 모임에 나와서 돌아가며 낭독하고 필사하는 모임에서 마지막 모임을 각자 읽고 싶은 시집을 가져와 소개하고 낭독하는 식으로 진행해 보자는 계획을 세운 겁니다. 모임 횟수를 다섯 번으로 정해 넉 달간은 한 시집에 엮인 시들을 사이좋게 골라 낭독하고 마지막 달에는 각자의 취향에 맞는 시집을 골라 와서 저마다의 속도와 온도로 읽어 내려갔습니다. 앞선 모임들과는 또 다른 분위기가 연출되었지요. 낭독 모임의 대미를 멋지게 장식한 날이었습니다. 그 모임을 통해 우리는 서로가 좋아하는 시와 시인을 알게 되었고 몰랐던 작품과 작가의 이름을 꽤 깊이 마음에 새길 수 있었습니다.

조금 다른 의미로, '같으면서도 다른 책'을 읽는 모임
도 생각해 볼 수 있습니다. 해외 문학이나 고전의 경우
한 저작에 대한 다양한 번역서가 존재할 수 있습니다.
이때 서로 같은 판본을 선택하는 것이 좋을지 각자 읽기
편한 책을 선택하는 편이 나을지 역시 꽤 고민스러운 문
제입니다.

　경험에 비추어 이야기하자면, 특정 판본을 정하지 않
는 경우에 회원들은 정말 다양한 번역서를 가지고 옵니
다. 보통은 최근에 출간된 책 중 본인에게 맞는 것을 골
라 오지만, 간혹 20~30년 전의 판본을 가지고 오는 분
도 있습니다. 이렇게 책이 다를 때 가장 불편한 점은 인
상 깊은 구절을 즉시 공유하기가 어렵다는 겁니다. 본
문 내 특정 부분을 언급하는 상황에서, 모임을 진행하
는 사람과 다른 판본을 가진 회원은 헤매는 시간이 길
어집니다. 그러니 모임 시간을 경제적으로 쓰고 싶다면
번역이 잘 된 출판사의 책 한 권을 선택해서 읽는 편이
좋습니다.

　한편 각자가 원하는 번역가와 출판사의 책을 선택해
서 읽으면 같은 문장이 번역에 따라 얼마나 달라질 수
있는지 비교할 수 있는 기회가 생기고 편집과 본문의 구
성에 따라 책이 어떻게 다르게 읽히는지를 살펴볼 수 있
습니다. 책에 수록된 역자 후기를 다양하게 접할 수도
있으니 '역자 후기 공유'만으로도 이야기를 어느 정도

이어나갈 수 있고요. 발제자가 가진 것과는 다르지만 이미 그 책의 다른 번역본을 가지고 있다면 책을 새로 살 필요가 없으니 경제적이기도 합니다.

이런 이유로 제가 운영하는 모임에서는 발제자가 어떤 출판사의 책을 읽을지는 공지하지만 특정 출판사나 번역가를 지정하지는 않습니다.

결국 책을 지정해서 읽을 것인가 자유롭게 선택해서 읽을 것인가는 상황에 따라 적절히 판단하면 되는 문제입니다. 주로는 같은 책을 함께 읽고 깊은 이야기를 나누는 방식의 모임을 추천하지만, 회원들의 뜻에 따라 유동적으로 운용하다 보면 각 모임에 가장 잘 맞는 방식을 찾을 수 있게 될 것입니다.

10
{ **당황스러운 상황에 대처하는 법** }

운영자로서 독서모임을 이끌어 나가다 보면 가끔 생각지도 못한 상황에 봉착합니다. 당황스러운 사건이나 사람을 만날 때도 있지요. 저의 경우, 가장 당황했던 순간은 단 한 명과 독서모임을 하게 된 때였습니다. 그날따라 갑자기 못 오겠다는 회원들의 연락이 이어졌습니다. 아무도 나타나지 않을 수도 있겠다는 걱정을 하며 연락이 없던 한 회원에게 전화를 걸었습니다.

"다른 분들이 모두 못 오신대요. 혹시 오고 계시나요? 어디세요?"

"열심히 가고 있어요!"

출발 전이었다면 모임을 연기할 수도 있었을 테지만 오고 계시다니 조금 민망하더라도 모임을 진행해야 했습니다. 단둘이 모임을 할 수도 있다는 것을 그때 처음 알았습니다. 시간을 내서 나온 회원에게 고마우면서도 맥이 풀렸습니다.

그런데 막상 꼼꼼하게 모임을 준비해 온 그분의 모습을 보니 기운이 났습니다. 그날 우리가 함께 읽은 책은 유시민의 『나의 한국현대사』(돌베개, 2014)였습니다. 그분은 현대사 사건을 시대별로 보기 좋게 정리한 자료를 만들어 왔습니다. 모임에 애정을 가지고 시간을 들여 자료까지 준비해 온 회원을 보니 저도 즐거워졌습니다.

'단둘이 독서모임'의 경험은 이후에도 몇 번 더 있었습니다. 물론 유쾌한 상황은 아니지만 한 명과도 모임은 해야겠다는 생각이 강하게 들었습니다. 어쩌면 "모임이 취소되는 일은 웬만해서는 생기지 않습니다. 강제성은 없지만 약속은 약속이니 책임감 있게 모임에 임해 주세요"라는 메시지를 회원들에게 행동으로 보여 주고 싶어서 그랬던 것인지도 모르겠습니다. 물론 두 명이 할 수 있는 책 이야기는 한계가 있기에 그런 날은 평소의 모임 진행 순서를 따르지 않고 조금 더 사적으로, 회원과 좀 더 친해질 수 있는 대화를 나누기도 했습니다. 우리 독서모임에 대한 의견을 묻기도 했고요.

제가 아는 운영자는 모임 날 아무도 나타나지 않아 혼자 카페에서 사람들을 기다리다 집으로 돌아간 적도 있다고 합니다. 모임을 운영하다 보면 이런 난관이 닥칠 때가 있습니다.

모임 초창기에 만난 한 회원도 제게는 예상하지 못한 난제 중 하나였습니다. 그분이 말을 하면 요점이 무언지 도통 정리가 되지 않았습니다. 설명이 늘 장황했고, 그러다 보니 말을 시작하면 다른 회원들이 이내 지루하다는 표정을 지었습니다. 저는 최대한 그분의 이야기를 집중해서 듣고, 필요하다고 생각할 때는 회원들에게 그 내용을 정리해 전달했습니다.

"선생님 말씀은 이러이러하다는 거지요?"

오해의 소지가 있는 발언이 나왔을 때도 역시 대처가 필요했습니다. 그 발언을 되묻거나 확인해서 그 자리에서 다른 회원의 오해를 풀고 의문을 해소해 주려고 노력했습니다. 상황에 따라서는 인터뷰하는 기자의 자세로 회원들의 발언을 정리하고 전달하자는 생각도 합니다. 물론 운영자라고 늘 신경을 곤두세워서 모임을 진행할 수는 없지만요.

사실 지금도 모임 초반에는 각 회원들이 대화 스타일을 조심스럽게 파악하려 노력하다가 모임이 어느 정도 지속되어 서로를 배려할 수 있을 때가 되면, 마음을 조금 내려놓고 회원들에게 이야기합니다.

"혹시 다른 사람의 말이 이해되지 않거나 부연 설명이 필요하면 편하게 질문하는 분위기를 만드는 것이 좋겠습니다. 상대의 말을 혼자 넘겨짚어 오해하고 넘어가는 것보다는 바로 질문을 하면서 의문을 해결하는 편이 낫다고 생각합니다."

'단둘이 독서모임'이나 '혼자 기다리다 끝나는 모임'에 대한 경험을 슬쩍 꺼내기도 합니다. 조금 부담스럽게 받아들이는 회원도 있겠지만 운영자가 독서모임에 얼마나 큰 책임감을 느끼는지는 짐작하기보다 직접 전해들어야 명확히 알 수 있습니다. 책임감을 나눠 가져야 모임이 더 단단해지고요.

6년째 독서모임을 운영하며 비슷한 상황을 몇 번이고 경험했지만 저는 아직도 예고 없는 지각과 결석, 대화 중에 생기는 오해와 같은 문제를 맞닥뜨리면 경험에 따른 대책이 떠오르기보다는 당황스럽고 힘이 빠집니다. 아마 저뿐만 아니라 대부분의 독서모임 운영자가 그럴 겁니다. 벌금도 모임 규칙도 무색하게 느껴지는 때가 종종있지요.

모두가 '좋아서 하는' 자발적인 모임에 서로를 강제하는 규칙을 만드는 것은 사실상 불가능합니다. 불편한 규칙이 늘어날수록 모임하는 기쁨은 줄어들 테니 무턱대고 규칙을 만들기만 할 수도 없습니다. 그러니 어떤 모임이든 참여하고 싶다면 그전에 자신의 결석과 지각과 배려 없는 발언이 상대나 모임 운영자에게 어떤 영향을 줄지 꼭 한 번 미리 고민해 보기를 권합니다. 모임 개설을 준비하는 운영자라면 언제든 예고 없이 당황스러운 상황이 생길 수 있다는 것을 예상하고 마음의 준비를 해 두는 편이 좋고요. 이미 모임을 시작했다면 어려운 일을 혼자 해결하려 끙끙거리지 말기 바랍니다. 조심스럽더라도 회원들과 의논해 공동의 해결책을 찾아보세요.

11
회원 모집하기 전 알아 두어야 할 것

처음 독서모임을 만들었을 때 한 명이 아쉬웠던 저는 직장 거래처에서 알게 된 사람, 대학 동문, 동네 친구 등 제 주변 모든 사람을 가리지 않고 모임에 초대했습니다. 참여 인원은 많을수록 좋다고 단순하게 생각한 거죠. 그런데 지인들과 모임을 몇 번 해 보니 불편한 점이 이만저만이 아니었습니다. 평소 제 모습을 아는 사람들이 제 발언을 어떻게 생각할까 신경이 쓰여 계속 자기 검열을 하게 되었습니다.

사람들은 누구를 만나느냐에 따라 자신이 가진 여러 모습 중 일부를 선택해서 보여 줍니다. 일할 때는 사교적이지만 친구들과 있을 때는 좀처럼 먼저 말을 꺼내지 않는 사람도 있고, 학교 사람들과는 두루 친하지 않았지만 독서모임에서는 운영자로서 모임을 이끌기 위해 모든 회원을 두루 챙기는 사람도 있습니다. 운영자로든 참여자로든 독서모임에서도 모임 특성에 맞게 드러나는 자기 모습이 있습니다. 그 모습 역시 자연스러운 '나'이지만 내 모습을 그것과 다르게 생각하는 지인이 모임에 있으면 어느 순간 어색해하는 시선이 느껴져서 자연스럽게 행동하지 못합니다.

따라서 제 경험으로는, 독서모임을 만들 때 지인들과 함께하고 싶다면 한 모임에는 같은 무리에 속한 지인들만 초대하는 편이 좋고, 그럴 수 없다면 아예 그 지인들과 별도의 모임을 새로 꾸리는 것이 좋습니다. 동네 친구 독서모임, 가족 독서모임, 회사 내 팀 독서모임 등으로 말입니다. 처음에는 어색할지 몰라도 모르는 사람과 새로운 독서모임을 할 때와는 또 다른 장점과 효과를 경험할 수 있을 겁니다.

어쩔 수 없이 지인들을 이미 있는 모임에 초대하는 경우에는 '척하면 척' 같은 소통을 하지 않도록 특별히 주의해야 합니다. 아직 회원 간의 친목이 제대로 형성되지 않은 모임에서 운영자가 친한 친구 몇 명과만 눈빛을 교환하며 공감을 나누는 모습을 내비치면 이내 서운해하거나 소외감을 느끼는 회원이 생깁니다. 운영자의 말에 재깍 반응하는 친구들 덕에 잠깐은 모임 분위기가 더 활발해지는 것처럼 느껴질지 몰라도 기존 회원들이 전에 없이 눈치를 보며 발언을 주저하기 시작하면 모임 분위기가 오히려 더 가라앉습니다.

한편 또래 독서모임 구성에 대해 궁금해하는 분도 많습니다. "회원을 모집할 때 연령대를 특정하는 게 좋을까요?"라고 제게 질문하는 분도 있고, 제가 운영하는 모임의 문을 두드리며 "50대인데 가입해도 되나요?", "젊은 사람이 많은 모임 같던데 나이가 좀 있어도 가도 될까요?"라고 문의하는 분도 있습니다.

일단 제가 운영하는 모든 모임에는 나이와 성별 제한이 없습니다. 20대에서 50대까지의 남녀가 속해 있으며 30~40대 여성이 가장 많습니다. 저는 또래끼리라 더 솔직하게 주고받을 수 있는 대화보다는 여러 연령층이 함께 있을 때 형성되는 다양한 측면의 시각과 폭넓은 이야기를 갖춘 모임을 만들고 싶어서 특별히 연령 제한을 두지 않았습니다. 하지만 주변의 독서모임을 살펴보면 '그림책 읽는 주부 독서모임', '○○학번 경제경영서 읽기 모임', '30대 취업준비생 인문서 읽기 모임', '30~40대 여성 독서모임' 등 나이 제한을 두는 모임이 많습니다.

비슷한 사람끼리 모이려는 이유는 간단합니다. 서로의 상황을 대충 짐작할 수 있기에 마음이 편하고 말하지 않아도 상대의 상황과 감정을 쉽게 이해할 수 있기 때문입니다. 아이를 키우는 주부 모임의 경우를 생각해 봅시다. 온종일 아이를 보느라 잠깐 책 읽을 시간을 내기도 쉽지 않습니다. 그 와중에 시간을 내서 상황이 비슷한 사람을 만나면 '우리가 얼마나 힘들게 독서를 하는지, 이런 상황에 하는 독서가 얼마나 꿀맛인지, 우리가 읽는 책을 아이 교육에 어떻게 적용할지' 등을 공유하며 폭풍 공감하는 대화를 나눕니다. 모이는 것만으로도 위로가 되죠. 갑자기 일이 생겨 참석을 못하거나 책을 완독하지 못해도 서로의 상황을 짐작하며 이해하기 때문에 다른 모임에 나가는 것보다 부담이 덜합니다.

20대 독서모임도 마찬가지입니다. 또래끼리 모이면 할 말이 많습니다. 세대갈등과 취업, 결혼 문제 등의 공통 관심사를 툭 터놓고 이야기할 수 있습니다. 다른 세대와 함께하는 모임에서보다 더 솔직하고 자유로운 대화가 끝없이 오갑니다.

이처럼 또래 모임에는 또래 모임에서만 기대할 수 있는 여러 가지 장점이 있습니다. 독서모임을 통해 만났지만 그보다 더 깊은 관계를 맺어 진정으로 서로를 이해하는 끈끈한 친목 집단을 얻게 될 가능성도 있지요. 하지만 그 안에서 다른 연령대가 가진 시선을 자연스럽게 접하기는 어려울 수 있으며, 그런 이유로 나누는 대화의 결론이 늘 비슷한 쪽으로 귀결되는 일이 생기기도 합니다. 독서모임에 대한 책임감 없이 유대감만 강해지면 서로의 사정을 이해하기만 하고 규칙을 가볍게 여겨 독서모임이라는 원래의 목적은 잃게 될 위험도 있죠.

물론 독서 목적으로 시작된 모임이 친목으로 발전하는 것이 바람직하지 않다고 하기는 어렵겠지만, 오랫동안 '책 친구'로 지내기 위해서는 꾸준히 읽자고 독려하고 서로의 상황을 이해하는 만큼 모임의 규칙을 지키려는 태도를 갖는 것이 중요합니다.

12

든든한 지원군, 운영진 구성하기

여기까지 읽으신 분이라면 이제 아실 겁니다. 독서모임을 꾸려서 제대로 운영하려면 생각보다 품이 많이 든다는 것을요. 다른 사람보다 조금 더 책을 꼼꼼 읽고 함께 나눌 이야기 주제를 생각하고 매번 모임에 지각하지 않고 출석하는 것만 해도 운영자가 지는 부담은 작지 않습니다. 그래서 모임이 반복되고 고정적으로 출석하는 '열심 회원'이 어느 정도 확보되면 그분들과 함께 모임을 운영하고 싶다는 생각이 듭니다. 모임 공지를 하고 발제하고 모임을 진행하는 일을 한 명의 운영자가 아니라 여러 명의 운영진이 돌아가면서 하는 겁니다. 아니면 발제 준비하는 사람, 회원에게 연락하는 사람, 회계 관리하는 사람으로 일을 나눠 운영하는 방법도 있습니다.

운영진 제도는 모임에 책임감 있는 분들만 확실히 확보되면 꽤 효과적입니다. 그래서 1~2년 정도 꾸준히 모임을 운영한 뒤 많은 운영자들이 시도합니다. 모임을 처음 만든 운영자만큼 책임감과 열정이 있는 회원이 있다면 그 사람에게 모임 운영에 관한 결정권을 나눠 주는 것은 어쩌면 당연한 일일 수 있습니다. 또한 혼자 모임을 운영하면 자칫 독선에 빠질 수도 있는데 운영진이 꾸려지면 다양한 의견을 듣고 모임의 방향도 개선할 수 있지요. 운영진에 합류한 회원의 발언은 이전과는 다르게 더욱 솔직하고 당당해질 겁니다. 그런 목소리가 모임에 활기를 더할 수도 있습니다.

그렇다면 운영진은 어떻게 꾸리면 될까요? 모임 규모에 적당한 운영진 수는 몇 명이고 각 운영진이 도맡아 해야 하는 일은 무엇일까요? 경험에 비추어 보면 10명 규모의 모임 운영진은 3명 정도가 적당하고 구성 방식은 크게 두 가지로 생각해 볼 수 있습니다.

돌아가며 운영자 하기

여러 명의 운영진이 돌아가며 운영자 역할을 수행하는 겁니다. 사실 운영자에게는 책도 책이지만 출석이 부담이 되는 경우가 있습니다.

'다른 사람이 결석해도 나는 결석하면 안 돼!'

'내가 지각하면 모임이 아예 늦춰질 테니 지각도 절대

안 되지.'

이렇게 모임을 하다 보면 자의를 넘어 타의로 삶이 독서모임 위주로 돌아가게 됩니다. 모임 스트레스에 지쳐 모임을 그만두고 싶다는 생각이 들 수도 있고요. 이런 위기를 맞고 싶지 않다면 고비가 찾아왔을 때 얼른 열심 회원 두 명을 찾아 운영진 제안을 건네 보세요. 매 모임 때마다 찾아오던 부담이 세 번에 한 번, 네 번에 한 번 꼴로 줄며 회원으로 모임에 참여하는 새로운 기쁨도 느낄 수 있을 겁니다.

운영자 일 분업하기

모임 운영에 필요한 업무를 나눠지는 겁니다. 책 고르기, 발제 준비하기, 장소 섭외하기, 모임 공지하고 회원에게 연락하기, 모임 내용 기록하기, 회계 관리 등 여러 가지 업무를 서너 명이 분담하면 챙겨야 할 일이 줄어서 각각의 역할을 더 세심히 준비할 수 있고 모임에 들이는 시간이 적어지니 부담도 줄어듭니다.

둘 중 어떤 방식으로 운영하든 운영진 제도의 가장 큰 장점은 회원들에게 공개적으로 이야기하기 조심스러운 일을 의논할 사람이 생긴다는 겁니다. 모임 운영에 관한 여러 가지 고민을 터놓고 이야기하고 서로의 의견을 주고받다 보면 혼자 끙끙거릴 때는 생각지도 못했던 좋은 아이디어를 얻는 일이 자주 생깁니다. 정기적인 회의를 통해 그간 해 보지 못했던 다양한 일을 쉽게 시도할 수도 있고요.

운영진 시스템이 자리를 잡으면 모임 내에 몇 가지 테마를 만들 수도 있습니다. 소설 읽기 모임, 역사책 읽기 모임, 시 읽기 모임 등을 만들어 주기적으로 모임 분위기를 바꿔 볼 수도 있고, 도서관 프로그램 참여 모임, 북콘서트 가기 모임 등의 소모임을 꾸려 정기 모임 이외의 모임을 주선할 수도 있습니다.

이런 시도는 모임에 활기를 더하고 모임 규모를 키우기도 합니다. 그러니 모임 운영이 버거울 때는 물론 출석 회원이 줄어들 때나 시들해진 모임에 활력을 불어넣고 싶을 때도 운영진을 모집해 보세요. 전보다 품은 덜 들이면서 더 즐거운 모임을 경험할 수 있을 겁니다.

13
{ **시들해진 모임 분위기 전환하는 법** }

독서모임의 묘미는 다양한 의견과 새로운 시선을 접하는 데 있습니다. 타인의 독서와 타인의 시선, 다른 목소리가 궁금하지 않다면 굳이 모임에 나올 이유가 없죠. 이제 막 개설되어 서로에 대해 잘 모르는 사람들로 구성된 모임에서는 어렵지 않게 다양한 견해와 목소리를 접할 수 있습니다. 하지만 어느 정도 멤버가 고정되어 모임이 안정되면 바로 이런 면에서 고비가 찾아옵니다. 서로를 잘 알아서 상대가 어떤 이야기를 할지 뻔히 예측이 되는 겁니다. 새로운 시선이나 의견을 접하는 일도 점점 줄어듭니다. 운영자와 회원 모두가 괜찮다면 이런 정적인 모임도 나쁘지 않겠지만 저는 그런 분위기를 무난히 받아들이기보다는 바꾸고 싶어 하는 운영자를 더 많이 만났습니다.

어느 날 구청 공무원으로 일하는 한 회원이 구청 내 동료들과 함께하는 독서모임 이야기를 해 준 적이 있습니다. 서로 잘 아는 사람들과 모임을 하니까 너무 편해서인지 책도 열심히 읽지 않고 긴장감도 생기지 않더라고요. 새로운 시선이나 다른 의견을 접하는 일도 좀처럼 없었다고 합니다. 그렇게 몇 번 모임을 하다가 분위기를 바꿀 겸 구민들을 회원으로 받기 시작했다고 합니다. 그러니 다들 긴장해서 준비에 열의를 보이고 이전에는 드러내지 않았던 자기만의 생각이나 견해를 표현하는 일도 늘었다고 합니다.

독서모임에 신선한 바람을 일으키려면 이렇게 새로운 피를 수혈해야 합니다. 신입 회원을 모집할 수도 있고 게스트 제도를 운영해 모임에 관심은 있지만 회원 가입은 부담스러워하는 사람을 초대할 수도 있습니다. 회원의 친구를 초청하는 방법도 있지요. 독서모임은 '열심 회원'과 신입 회원이 적절히 섞여 있을 때 가장 재미있습니다.

새로운 회원을 받으려면 모임에 빈자리가 있어야 할 테니 주기적으로 장기 결석 회원을 정리하는 일도 필요합니다. 이때 유용한 제도가 '시즌제'입니다. 이전까지는 잘 나왔지만 어떤 이유로든 모임에 뜸해진 회원을 무턱대고 '규정에 따라' 탈퇴하게 하는 건 운영자에게도 회원들에게도 마음 불편한 일입니다. 하지만 언제 다시 모임에 나올지 모를 사람을 무작정 기다릴 수도 없는 노릇이지요. 이럴 때 모임을 시즌제로 운영하면 당분간은 그 회원의 자리를 새로운 사람에게 내어줄 수 있고 언제든 돌아오면 다시 반갑게 맞이할 수 있습니다.

이 외에도 시들해진 모임에 생기를 불어넣기 위해 저와 제 주변 독서모임 운영자들이 시도해 본 여러 가지 '장치'가 있습니다. 여기서는 성공한 사례 위주로 몇 가지만 소개하겠습니다.

모임 뒤풀이

열심히 읽고 발제한 후에 갖는 뒤풀이 자리는 언제나 즐겁습니다. 책을 통해서 만났지만 모임을 지속하면서 서로의 다른 점도 궁금해하고 좋아하게 된 회원들에게 자유로운 분위기와 색다른 느낌의 자리를 만들어 주면 확실히 모임에 활력이 생깁니다. 저희 모임에도 뒤풀이 후 급격히 가까워져서 독서 외 다른 취미를 공유하거나 더 많은 시간을 함께 보내게 된 회원들이 있습니다.

하지만 매번 뒤풀이를 하면 시간과 비용 면에서 회원들에게 부담이 되고 은근슬쩍 뒤풀이 자리에만 나타나 모임의 본질을 흐리는 회원이 생깁니다. 그러니 친목도모를 위한 뒤풀이 자리는 분기에 한 번, 시즌별로 한 번 정도로 주기를 정해 가끔 갖는 편이 좋습니다.

책방 투어

대형 서점에 비해 동네 책방은 책방지기의 취향에 따라 개성이 뚜렷한 책을 비치합니다. 책방마다 특징과 테마를 가지고 있지요. 저는 가끔 작은 책방 투어 이벤트를 진행합니다. 책방지기의 큐레이션에 따라 꽂힌 책들을 보고 있으면 관심 있는 주제를 다룬 새로운 책이 눈에 들어오고, '저 사람이 좋아하겠다' 싶어서 같이 온 회원에게 추천하고 싶은 책도 보입니다. 반드시 모임에서 발제하고 싶은 책도 눈에 띄고요. 각자 다른 책 앞에 자리잡은 회원들은 서로를 바라보며 상대의 독서 취향을 이전보다 조금 더 깊게 파악하기도 합니다.

한가한 시간을 잘 맞춰 가면 책방지기와 둘러 앉아 이야기 나눌 기회가 생기기도 합니다. 적지 않은 책을 읽고 좋은 책을 직접 골라서 서가를 꾸민 책방지기의 이야기를 들으면 새로운 피를 수혈하지 않고도 모임에 신선한 자극이 생깁니다.

책방 투어 이벤트 날은 회원의 친구나 모임에 관심을 보이는 게스트를 초대하기에도 좋습니다. 형식적이지 않은 자리이면서 어떤 사람들이 모여 어떤 책을 주로 읽는지 알리기에 적합하니까요. 오픈 모임으로 진행하면 소소하게 모임 홍보가 되기도 합니다.

책 교환의 날

저는 주로 1년에 한 번 독서모임 송년회에서 진행하지만, 분기별로 혹은 주기를 정해서 해 보아도 괜찮을 만한 이벤트가 책 교환입니다.

회원 모두에게 각각 두 권의 책을 가져오게 합니다. 좋아하는 책 한 권과 싫어하는 책 한 권. 책이 모이면 한곳에 쌓아 두고 무작위로 뽑아서 해당 책을 가져온 사람에게 사연을 듣습니다. 이 책을 어떻게 만났는지, 왜 좋아하는지, 왜 싫어하는지. 듣는 회원들은 그 사람이 좋아해서 가져온 책은 물론 싫어해서 가져온 책에도 관심을 보이고, 책을 소개하는 사람은 자기가 싫어하는 책도 누군가에게는 흥미로운 책이 될 수 있다는 것을 그자리에서 경험하며 '책의 가능성'과 책을 둘러싼 다양한 시각에 대해 깊이 생각해 볼 기회를 얻습니다.

"유명한 작가의 책도 아니고 잘 팔린 책도 아니라서 사람들이 잘 모르지만 저는 정말 재미있게 읽어서 모임에 꼭 소개하고 싶었어요."

"베스트셀러라서 샀는데 그때는 좋은 줄 알았지만 지금 생각해 보면 크게 도움 되는 내용이 아닌 것 같아요."

"저는 나무를 좋아해서 나무 관련 책을 많이 읽는데 이 책만큼 괜찮은 책을 아직 못 만났어요."

"친한 친구가 직접 읽고 권했는데 저는 아무런 감동도 받지 못했어요. 제 친구처럼 좋아하는 분이 계실까봐 가져왔습니다."

책 소개가 시작되면 회원들은 신이 나서 책과 작가, 감상에 관한 질문을 던집니다. 그 과정에서 인기 있는 책과 인기 없는 책이 나뉘기도 하는데, 여러 사람이 같은 책을 원하는 경우도 있으니 제비뽑기로 책 고르는 순서를 정합니다. 끝날 때까지 탄식과 환호가 끊이지 않지요. 이렇게 서로의 책을 나눠 가진 후 한 달 정도 지나서 가볍게 독후감을 나누는 자리를 갖습니다. 시간이 조금 많이 걸린다는 단점만 빼면 이만큼 유쾌한 이벤트도 없을 겁니다.

작은 시상식

새로운 회원을 영입하는 것도 좋지만 기존 회원의 출석을 독려하고 모임에 열심히 참여하게 하는 것이 독서모임의 가장 큰 동력을 잃지 않는 방법입니다. 시상식은 말 그대로 열심 회원, 우수 회원을 독려하는 장치이지요.

독서모임을 운영하다 보면 좀처럼 결석도 하지 않고 운영자만큼이나 모임에 애정이 많은 회원을 만나는 일이 생깁니다. 모임에 도움이 되는 제안을 하기도 하고 운영자에게 다양한 아이디어를 주는 고마운 회원들입니다. 운영자 역시 어떤 대가를 바라고 모임 운영을 하는 것은 아니지만 이분들이야말로 순전히 자발적으로 다른 회원을 위해 귀찮은 일을 묵묵히 맡아 하는 모임의 버팀목이지요. 작은 시상식은 무엇보다 이런 회원에게 고마운 마음을 표현하는 자리입니다.

이외에 1년이나 6개월 단위로 개근상이나 출석 우수상을 수여해도 좋고, 돌아가며 발제 준비를 하는 모임이라면 간단한 투표로 '올해의 발제자'를 뽑아 시상해도 좋습니다. 상품은 어떤 것이든 괜찮지만 문화상품권보다는 책을 추천합니다. 독서모임 회원들에게 열심히 책 읽고 모임한 공로로 받은 책은 그 자체로 남다른 의미를 지니거든요.

독서모임 쿠폰

카페 쿠폰처럼 독서모임 쿠폰을 만들어서 출석할 때마다 도장을 찍어 주는 이벤트도 소소한 효과를 냅니다. '열 잔 마시면 한 잔 무료'처럼 '열 번 출석하면 책 선물 한 권'과 같은 규정을 만들어서 이벤트를 해 보는 겁니다. 연필이나 메모지 같은 작은 문구 선물도 좋습니다. 앞에서 언급했듯이 독서모임은 다른 모임과 달리 책 읽는 시간과 노력, 생각을 정리해서 말하기까지의 준비

과정이 필요한 모임이기에 출석 인증 도장으로도 작은 뿌듯함을 느끼는 회원이 있습니다. 그런 회원에게 소소한 기쁨을 주는 겁니다.

회원들은 쿠폰 사진을 찍어서 SNS에 올리기도 하고, 주변 친구들에게 각각의 도장을 받기 위해 매번 어떤 책을 읽었는지 자랑하기도 합니다. 자연히 모임 홍보 효과도 얻을 수 있죠. 운영자 입장에서는 큰 노력을 들이지 않고 모임에 활기를 더하면서 참여도 독려할 수 있는 방법이라, 한 번쯤 해 보기를 추천합니다.

연말 독서 정산 + 내년 독서 계획 공유

제가 연말이 되면 종종 진행하는 프로그램입니다. 한 해 동안 읽은 책을 정리한 후 자유롭게 소개하고 다음 해 독서 계획까지 세워서 공유하는 자리지요.

"올해는 총 열 권의 책을 읽었는데 내년에는 조금 늘려 열두 권에 도전하겠다."

"올해 한국소설에 재미를 붙였다. 내년에는 소설을 조금 더 폭넓게 읽어 보겠다."

"올해 읽은 책을 분야별로 정리하니 과학 분야 책이 한 권도 없었다. 내년에는 과학책 읽기에 도전하겠다."

큰 계획이든 작은 계획이든 회원들 앞에서 공언하고 나면 계획을 지켜야 한다는 마음이 생겨 연초 독서모임에 더 열심히 참여합니다.

　작지만 이런 소소한 장치들이 모두 독서모임에 활력을 줍니다. 이런 모임들이야말로 운영자 혼자 고민할 것이 아니라 회원에게 의견을 물어 함께 만들고 시도할 때 가장 큰 효과를 기대할 수 있습니다.

14

{ **모임 회비나 가입비를 받는 게 좋을까요?** }

독서모임은 무료로 운영할 수도 있지만, 모임을 지속하다 보면 약간의 운영비가 필요한 상황이 생깁니다. 부담 없는 한도 내에서 유료로 운영하면 무료로 운영할 때보다 모임 분위기나 효과가 더 좋다고 이야기하는 사람도 있지요. 독서모임 운영자에게 모임 가입비와 참가비는 한번쯤 고민해 보아야 하는 문제입니다. 저는 처음에는 무료로 운영하다가 고민 끝에 모든 모임을 유료로 전환했습니다.

제가 만든 첫 번째 모임이었던 인문 교양서 읽기 모임은 매번 카페에서 모임을 가졌습니다. 별도의 회비는 없었고 회원들은 모임 때마다 자기가 마실 음료 값을 지불했습니다. 운영자인 저 역시 모임을 준비하는 데 책값과 음료 값 이외에 다른 비용은 거의 들지 않았습니다. 굳이 따지자면 회원들에게 일일이 모임 관련 연락을 하는 수고 비용과 가끔 발제문을 인쇄할 때 드는 인쇄 비용 정도가 들었지요.

하지만 이렇게 모임을 이어나가던 중에 참가비나 운영비까지는 아니더라도 모임 가입비는 받는 편이 좋겠다고 결정하게 된 계기가 생겼습니다. 장기 결석자, 무단 결석자를 줄일 방안을 고민하던 때였지요. 시작한지 얼마 되지는 않았지만 첫 모임이 단단하게 자리를 잡자 여기저기서 독서모임을 하고 싶다는 사람들이 가입 문의를 해 오기 시작했습니다. 독서모임에서는 적당한 규모를 유지하는 것이 꽤 중요한 일이라서 정원을 10명으로 정해 두고 더 이상 회원을 받지 않는다고 안내를 해도 결원이 생기면 연락을 달라며 기다리는 분이 계속 늘었습니다. 그러자 쉽게, 자주 결석하는 회원들의 자리가 조금 아깝게 느껴졌지요. 매번 "다음 달에는 꼭 나갈게요"라고 연락하고는 몇 달 동안 나타나지 않는 분의 자리를 모임을 고대하며 대기하고 계신 분께 내어드리고 싶다는 생각도 들었습니다. 출석 규칙을 만들기로 마음먹었지요. 가장 먼저 회원들의 동의를 구했습니다.

"모임에 가입하고 싶어 하는 분은 느는데 정원이 차 있어서 새로운 회원을 받을 수가 없어요. 계속 나오지 않는 분은 죄송하지만 정리를 해야겠습니다. 석 달에 한 번은 나오실 수 있겠지요?"

성실하게 나오는 분들은 이런 제안을 오히려 반겼습니다. 새로운 회원의 색다른 시선을 접할 기회가 생기는 거니까요. 두 달 연속 결석 시 탈퇴 처리한다는 규정, 신규 및 재가입시 가입비 5천 원을 내야 한다는 규정을 만들었습니다. 5천 원이면 큰돈이 아니니 부담은 되지 않겠지만 가입비가 있으면 무료 모임보다는 한 번 더 생각하고 신청하게 되리라 기대하고 책정한 겁니다. 흔쾌히 지불하고 오는 분이 대부분이었지만 그렇지 않은 분도 계셨습니다.

"모임에서 탈퇴하면 돌려주시는 건가요?"

"가입비를 어디에 쓰시는 거예요?"

예치금이 아니기에 돌려드리지는 않고 모임을 꾸리고 진행하는 비용으로 사용한다고 설명하면 대체로는 불만 없이 받아들이셨습니다.

연속 결석자를 정리하고 신규 회원에게 가입비를 받자 확실히 쉽게 드나드는 회원이 줄고 모임 체계도 더 잡혀 분위기가 한층 밝아졌습니다. 그러다가 모든 모임을 유료로 전환하게 된 또 한 가지 일이 일어났지요.

모임 회원 가운데 저와 독서 취향이 비슷한 회원이 한 분 있었습니다. 우리는 독서모임에서 읽는 책 이외의 책 이야기도 자주 나누곤 했습니다. 둘 다 철학에 관심이 많아서 읽고 싶은 철학책을 공유하기도 했지요. 그러다가 그분이 철학 모임을 만들어 보자고 제안했습니다. 철학 모임은 출석하는 회원 모두가 성실히 책을 읽고 공부하려는 의지가 있어야 제대로 운영될 것 같았기에 가입 공지를 조금 더 신경 써서 해야겠다는 생각이 들었습니다. 고민 끝에 유료로 모임을 개설해 보기로 했습니다. 그러면 확실히 의지가 있는 사람들만 신청할 거라 예상되었기 때문입니다.

"모임만 만들어 주세요. 저는 무조건 가입합니다."

한 사람의 말에 용기를 내어 한 달에 한 번씩 총 4회, 회당 참가비가 1만 원인 4만 원짜리 철학 모임을 만들었습니다. 첫 책은 호기롭게 버트런드 러셀의 『서양철학사』로 정했고요. 공부하는 분위기를 위해 정원은 7명으로 제한했습니다. 놀랍게도 블로그에 공지를 올리자마자 순식간에 모집이 마감되었습니다. 주말에 시간을 내기 어려운 분들이 평일 철학 모임 개설까지 요청해서 얼결에 두 개의 유료 독서모임이 생겼지요. 그때 알았습니다. 모임의 특성과 목적이 확실하면 이 정도 금액은 기꺼이 지불하고 독서모임을 하고 싶어하는 사람들이 꽤 많다는 것을요. 조심스럽게 모든 모임을 시즌제 유료 모임으로 전환하기 시작했습니다. 운영자인 저는 책임감이 더 커져서 모임과 발제 준비에 더 정성을 쏟았습니다.

제 주변에는 여전히 독서모임 운영을 두고 유료와 무료 사이에서 고민하는 분이 많습니다. 돈 문제는 언제라도 사람들을 예민하게 만들 수 있으니까요. 참가비 문제가 계속 고민되고 명확한 답을 내리기가 어렵다면 ①유료로 전환하면 뭐가 좋을까, ②유료 모임에 맞는 독서모임의 질을 내가 보장할 수 있을까, 두 가지를 곰곰 생각해 보세요. 두 물음에 모두 자신 있게 답할 수 있다면 유료 모임을 개설하거나 운영하는 무료 모임을 유료로 전환해도 괜찮을 겁니다.

처음 모임을 꾸리려는 분은 시작부터 가입비나 참가비를 받기가 부담스러울 수도 있습니다. 그렇다면 '처음일 년 간은 무료로 운영하고 일 년 후부터는 유료로 전환합니다'라고 유예 기간을 미리 공지하고 시작해 보세요. 유예 기간 이후에도 모임이 꾸준히 지속되면 괜찮은 모임이라는 의미입니다. 유료로 전환해도 계속 출석하는 회원이 있을 것이고, 적당한 참가비를 정해도 괜찮습니다.

액수는 회당 2만 원을 넘지 않게 책정하는 편이 좋습니다. 저는 회당 1만 원 내지 1만5천 원을 받으면서 제가 운영하는 출판사 사무실을 모임 장소로 제공하고 음료값을 참가비에서 지출합니다. 이것이 회원들에게 부담이 되는 수준은 아니라고 생각하고 모임을 운영하는 수고에 대한 정당한 대가를 조금은 받는다는 느낌도 듭니다. 회원들의 참가비는 이외에도 모임 운영에 필요한 이런저런 일에 사용됩니다. 연말 송년회 비용에 보태기도 하고 우수 회원에게 감사 표시로 선물을 주는 데 사용하기도 합니다. 운영자가 져야 하는 소소한 경제적 부담도 자연스럽게 사라집니다.

제가 운영하는 하나의책 독서모임에서는 모임을 유료로 바꾸자 확실히 회원들의 참석률과 참여도가 높아졌습니다. 재가입하는 회원도 이전보다 많아졌지요. 참여만 하기도 쉽지 않은 독서모임을 유료로 진행하고 모임에 오든 오지 않든 참가비를 미리 받겠다는 결정은 운영자인 제게도 큰 부담과 걱정이었습니다. 하지만 결과적으로 모임을 좋은 방향으로 발전시킬 수 있었기에 잘한 결정이라고 생각합니다. 여러분도 모임을 유료로 운영하는 게 모임의 질을 높이는 방법이라는 확신이 들면 고민만 하지 말고 유료 모임을 시도해 보길 권합니다.

IV
더 재미있게 독서모임 하는 법

15
{ 분야별 독서모임 꾸리기 }

처음 독서모임을 시작할 때는 '내가 만든 모임에 사람들이 와 주기만 해도 좋겠다', '1~2년 만이라도 꾸준히 할 수 있으면 좋겠다'는 마음을 품고 있었지만, 시간이 흐르며 모임이 안정되고 독서모임에 재미를 붙이고 나니 조금씩 욕심이 생겼습니다. 더 많은 책을 접하고 싶었고 새로운 실험을 통해 독서모임의 가능성을 더 깊이 알고 싶었습니다.

'한 분야 책을 집중적으로 읽는 모임은 어떨까?'

'읽고 대화하는 것 말고 함께 할 수 있는 일이 더 없을까?'

'회원들이 독서모임에서 책 말고 더 얻고 싶어 하는 게 있다면 뭘까?'

오랫동안 고민하고 틈틈이 여러 가지 시도를 해 보았

습니다. 그 가운데 첫 시도는 분야별 독서모임을 만드는 것이었지요. 처음부터 치밀하게 계획을 짜서 체계적으로 만든 것은 아니었고, 읽고 있던 책에서 다음에 읽을 책을 소개받듯, 하고 있던 모임에 착안해서 그 다음 모임을 만들었습니다.

인문 교양서 읽기 모임

2014년 3월 서울 합정동에서 첫 모임을 가진, 제가 꾸린 첫 번째 독서모임은 인문학 책 읽기 모임이었습니다. 당시는 '교양 인문학', '인문학 지식' 등과 같은 단어가 마치 사회 트렌드처럼 번지며 영향력을 확장하던 시기였습니다. 이른바 '공부책' 열풍도 굉장히 거셌죠. 저역시 단단한 책들로 인문학 공부를 해 보고 싶었는데 혼자서는 책을 완독하기가 쉽지 않았습니다. 그래서 인문 교양서 읽기 모임을 만들어 저와 같은 욕구를 가진 사람들을 모집했습니다.

모임 주기는 한 달에 한 번으로 정했고 버트런드 러셀의 『행복의 정복』, 에리히 프롬의 『사랑의 기술』, 수전 손택의 『타인의 고통』 같은 묵직한 인문 분야 스테디셀러부터 함께 읽어 나갔습니다. 모임을 계속하며 무엇보다 즐거웠던 점은 책이 다루는 여러 가지 고민을 곱씹어 읽고, 정립된 생각을 모임에서 되뇌면서 제 삶에 대한 고민도 깊어진 것이었습니다. 이전에 주변 사람들과 일상이나 삶에 관한 이야기를 나누면 힘든 일을 하소연하거나 남의 험담을 하는 쪽으로 대화가 흘러가기 십상이었는데, 독서모임을 시작한 이후에는 좀 더 생산적인 생각과 대화를 하는 쪽으로 변했습니다. 때로는 회원 모두가 어려워서 책을 제대로 이해한 건지 의심적은 날도 있지만 이해가 되면 되는 대로, 안 되면 안 되는 대로 진솔한 이야기를 나누다 보니 어느 순간 독서 내공과 생각의 힘이 부쩍 자란 것을 느낄 수 있었습니다.

이 모임은 제가 꾸린 첫 번째 독서모임으로 이후 다른 여러 독서모임의 뿌리가 되어 주었습니다. 인문학이라는 범주 내에서 다양한 책을 고루 읽는 가장 범위가 넓은 모임이었고 이 모임을 시작으로 문학, 철학, 역사, 과학 등 다양한 분야의 책 읽기 모임을 개설해 나갔습니다.

문학 모임

처음 우려와 달리 독서모임 회원은 꾸준히 늘었습니다. '모임을 하나 더 만들어도 될까, 그래도 사람들을 모을 수 있을까?' 욕심이 생겼고 이번에는 서울 동쪽 끝 잠실동을 거점으로 세계 문학 읽기 모임을 만들었습니다. 주로 세계 문학 전집 내의 소설 한 편을 정해 읽고 발제하는 방식이었습니다.

비문학 책 읽기 모임과 달리 소설 읽기 모임은 작품 속 인물을 분석하고 각 인물이 처한 상황에 감정을 이입하거나 소설 속 상황을 다르게 가정해 보며 '나라면 어떻게 행동했을까', '나라면 어떤 감정이 들었을까' 이야기 나누는 재미가 있습니다. 작가의 의도를 추측할 때는 더 다양한 이야기가 오가지요. 같은 결말을 읽고도 저마다 해석하는 방식이 다릅니다. 어떤 소설은 호불호가 극명하게 갈려 중립의 위치에서 모임을 진행하려면 진땀을 빼기도 합니다.

문학 모임이 안정기에 접어들면 좀 더 다양한 책을 다룰 수 있습니다. 소설만이 아니라 소설가 인터뷰집, 소설가의 에세이, 소설에 관한 논픽션 등을 함께 읽어 나가는 겁니다. 재미있는 이야기에 흠뻑 빠져 모임 하는 날도 좋지만 소설이라는 장르와 소설 쓰는 일에 대해 깊이 고민하는 날도 좋습니다.

"우리가 언제 이런 책을 읽어 보겠어요."

"독서모임 아니면 아마 이 작가를 만날 일도 없었을 거예요."

제가 운영하는 문학 모임은 회원들의 만족도도 꽤 높은 편입니다. 이분들과 함께 시작한 문학 모임은 지금은 시즌제로 운영하며, '나쓰메 소세키 읽기 모임', '알베르 카뮈 깊이 읽기 모임', '한국 소설 읽기 모임', '러

시아 문학 읽기 모임' 등으로 매 시즌 다른 테마를 정해 회원을 모집합니다. 시즌당 모임 횟수는 3~4회 정도고요. 한 작가의 작품을 연달아 읽으며 작가의 작품 세계를 나름의 방식으로 이해하는 것, 쉽게 경험하기 힘든 특정 분야 문학의 세계를 함께 맛보는 것이 이런 모임의 목적입니다.

간혹 작품 세계가 난해한 작가를 만나 시즌 내내 고생하는 경우도 있지만, 문학 모임에는 비문학 모임에는 없는 그만의 장점과 매력이 있습니다.

철학 모임

앞서 언급했듯이 철학 모임은 문학 모임 내 한 회원의 제안으로 개설했습니다. 그분은 문학 모임의 '우수 회원' 중 한 분이셨는데 평소에 저와 관심 있는 책에 대해 자주 이야기를 나눴습니다. 철학책이 우리의 공통 관심사였죠. 둘 다 철학책을 꾸준히 읽고 싶은데 혼자서는 시작도 못하고 있었습니다. 이런 이야기를 하다가 문득 '철학 모임에도 사람들이 모일까?' 궁금해졌고 시도라도 해 보자는 마음으로 모임을 열었습니다.

모임 초반에는 개론서를 읽는 게 좋겠다고 생각해서 서양철학 전반을 다루는 책을 찾았고 버트런드 러셀의 『서양철학사』를 골랐습니다. 1,000페이지가 넘는 두꺼운 책이었습니다. 4회에 걸쳐 모임을 하기로 계획을 세우고 분량을 나누어 각 회원들이 몇 쪽씩 맡아 요약하고 발표하는 식으로 모임을 진행하자고 제안했습니다. 어렵고 읽기 힘든 책을 다루는 모임인 만큼 2~3명 정도만 신청하리라 예상했는데 너무나 빨리 정원 7명이 모였습니다.

1,000쪽짜리 『서양철학사』는 역시 만만한 책이 아니었습니다. 읽으면서도 도통 이해가 되지 않는 부분이 많아 다른 쉬운 개론서까지 참고하며 모임 준비를 했습니다. '나는 운영자니까 회원들보다 조금은 더 알아야 하지 않을까?' 하는 마음 때문에 내내 긴장되었고, 이따금 '내가 철학 선생님도 아닌데 회원들도 아마 큰 기대는 하지 않을 거야' 하며 욕심을 버리려고 노력했습니다. 적지 않은 시간을 모임 준비에 쏟아부었습니다.

다행히 모임은 성공적이었습니다. 일반 인문서 모임, 문학 모임과 달리 추상적이고 굵직굵직한 철학적 주제를 다루니 또 다른 독서모임의 매력이 드러났습니다. 회원들이 돌아가며 요약한 내용을 읽고 발표하니 학교 다니며 스터디하던 느낌도 물씬 들었고요. 다만 이 모임에도 결석하는 회원은 어김없이 있어서 중간중간 요약문이 비는 지점이 생겼고, 몇 번 그 문제를 겪고 나서는 다른 독서모임과 같은 방식으로 다 같이 책을 읽고 한 사람이 발제 준비를 해서 모임을 진행하기로 결정했습니다.

　철학 모임에서는 어렵더라도 가능한 원전에 충실한 번역서를 읽으려고 노력합니다. 이제까지 플라톤, 니체, 루소, 칼 포퍼 등의 저서를 읽었습니다. 하지만 모든 책을 원전 번역서로 읽어야 하는 것은 아니며, 때로는 훌륭한 해설서가 작품을 더 제대로 읽을 수 있게 도와주기도 합니다.

　철학책은 다른 분야 책에 비해 두껍고 어렵습니다. 그래서 손에 쉽게 잡히지 않지만 바로 그 점 때문에 독서모임에서는 더 빛을 발합니다. 힘든 독서를 하겠다고 모인 회원들과 함께 책을 읽고 어떤 점 때문에 이 책이 어려웠는지, 그럼에도 어떤 메시지를 얻을 수 있었는지, 이 책이 다른 작가와 작품에 어떤 영향을 미쳤는지 이야기하면 여느 모임에서 얻은 것보다 더 큰 쾌감이 느껴집니다.

　지엽적인 이야기보다는 방대한 주제의 대화를 나누게 된다는 점도 철학 모임의 큰 매력입니다. 좀 더 통찰력 있는 시선으로 세상을 바라보려고 노력하게 되지요. 가끔 우리 생각에 오류가 있는 건 아닌지 걱정될 때도 있지만, 꾸준히 공부하고 좋은 철학 강의를 함께 들으러 가기도 하면서 모임을 단단히 다져 나가고 있습니다.

16
{ 독서모임 테마 정하기 }

독서모임에 재미를 더하기 위해 시도한 또 한 가지 일
은 모임의 테마를 정하는 것이었습니다. 책의 첫머리에
서 이야기한대로 사람들은 저마다의 목적과 이유를 가
지고 독서모임을 찾습니다. 독서 습관을 들이기 위해,
필요한 책을 추천받기 위해, 책 친구를 사귀기 위해, 공
부가 되는 책을 읽기 위해……

독서모임에 테마를 만드는 일은 각각 다른 기대를 품
고 모임을 찾는 사람들에게 딱 맞는 모임을 만나는 기쁨
을 마련해 주는 일이기도 합니다. 모임이 시들해질 기
미가 보이면 회원들에게 독서모임을 통해 무엇을 얻고
싶은지, 왜 독서모임을 하는지를 물어서 얻은 답을 토
대로 모임 테마를 만들어 보세요. 삽시간에 모임의 기
쁨이 두 배가 됩니다. 여기에서는 그간 제가 운영하는

독서모임 회원들에게 색다른 재미를 선물한 몇 가지 독서모임 테마를 소개하겠습니다.

내 인생 최고의 책: 일 년 프로젝트

독서모임 운영이 5년차에 접어들자 회원 수는 5년 전 제가 상상하지도 못했던 만큼 늘어 있었고 여러 개의 모임은 제각각 자리를 잡아 안정적으로 운영되었습니다. 저는 또 새로운 방식의 독서모임을 구상해 보고 싶었고 그 시기에 『내 인생 최고의 책』이라는 작품을 만났습니다. 미국 작가 앤 후드의 소설로 독서모임을 통해 만난 사람들이 서로 소통하고 관계 맺으며 마음의 상처를 치유해 나가는 이야기를 다룬 책이지요. 이 책에 나오는 독서모임의 테마가 '내 인생 최고의 책'입니다.

'내 인생 최고의 책' 모임은 열 명의 회원이 각자 자신에게 의미 있는 책을 한 권씩 가져와서 소개하고 한 달에 한 권씩 돌아가며 그 책들을 읽는 방식으로 운영됩니다. 등장인물들은 쉽사리 꺼내기 힘든 묻어둔 아픔, 잊고 싶은 과거, 마음의 상처와 트라우마 등을 책을 통해 소환해 털어놓고, 자기 인생 최고의 책이 그런 자신에게 어떤 위로를 주었는지 이야기합니다. 그 과정에서 회원들에게 공감과 위안을 얻기도 하고 스스로 자기 상처를 치유하기도 하죠. 독서모임을 통해 삶을 바꾸고 내면을 성장시킨 겁니다. 이런 모습이 제게는 매우 인상적이었습니다.

물론 독서모임을 한다고 인생이 소설처럼 바뀌지는 않겠지만, 제가 받은 감동을 진솔하게 설명하고 비슷한 모임을 제안하면 이 모임의 기획 의도에 공감할 분이 많겠다는 생각이 들었습니다. 재깍 모임을 만들었지요. 지난 5년간 꾸린 모임 가운데 가장 긴 것이 6회짜리 철학 모임이었는데 두 배로 긴 일 년짜리 프로젝트가 탄생했습니다.

운영 방식은 책 내용을 그대로 따랐습니다. 함께 읽을 책의 분야를 소설로 정하고 각자 생각하는 최고의 책을 가지고 와서 책에 얽힌 사연을 나눴습니다. 어떤 책부터 다룰지는 제비뽑기를 통해 정했고요. 이렇게 1월 첫 모임을 오리엔테이션으로 진행하고 무더운 8월 한 달은 여름방학인 셈치고, 나머지 열 달 동안 열 명의 회원이 가져온 책을 차례로 읽기로 했습니다. 자기가 고른 책을 읽는 달에는 책을 소개한 사람이 적어도 세 개 이상의 발제문을 준비해 오자는 규칙도 만들었습니다.

장기 모임인지라 갈수록 느슨해질수도 있겠다는 처음 우려와는 달리 회원들은 더 성실하게 모임에 참여했습니다. 자기가 고른 책을 다루는 달에 피치 못하게 결석할 사정이 생기면 순서를 바꿔서라도 프로젝트에 지장을 주지 않으려 노력하고 발제문도 충실하게 준비해

왔습니다. 다른 모임에 비해 분위기가 훨씬 안정적이었습니다. 아마 회원들도 일 년이라는 기간 때문에 더 신중하게 고민하고 모임 참여를 결정한 것 같았습니다. 서로에게 더 관심을 가지려 노력하는 분위기도 느껴졌습니다. 잠깐이 아니라 일 년간 볼 사람들이라 일찌감치 마음을 열고 서로에게 다가가려는 것 같았습니다.

한 가지 아쉬운 점은 '내 인생 최고의 책'보다는 '함께 읽고 싶은 책'을 가지고 온 회원이 꽤 많았다는 겁니다. 막상 최고의 책을 떠올리려니 찾기가 힘들었다는 분도 있었습니다. 물론 모두 고심 끝에 독서모임에서 다루기 좋은 책을 골라 왔지만 '인생 책'을 두고 이야기를 하자는 처음 의도와는 방향이 살짝 달라졌습니다.

이렇게 소설 속 '내 인생 최고의 책'과 똑같은 모임은 이뤄 내지 못했지만 저에게는 꽤 흥미롭고 의미 있는 시도였습니다. 다른 모임의 회원들도 이 모임에 꽤 많은 관심을 보였고요. 첫 경험을 발판 삼아 다음에는 더 유익한 일년 프로젝트를 시도해 보려고 구상 중입니다.

오롯이 천천히 책만 읽는 시간

임홍택 작가의 『90년생이 온다』라는 책을 보면 90년 대생들이 극장에서 영화를 보지 않는 가장 큰 이유가 스마트폰 때문이라는 이야기가 나옵니다. 영화가 상영되는 2시간 동안 스마트폰을 자유롭게 사용할 수 없기에 아예 영화관에 가지 않는 편을 택한다는 겁니다. 영화와 극장의 경쟁 상대가 스마트폰이 된 시대입니다. 놀라웠지만 되새겨 보니 책의 경쟁 상대가 스마트폰이 된 지는 이미 오래였습니다. 이제 스마트폰은 전 연령이 한시도 멀리할 수 없는 물건이 되었습니다. 이런 환경에서 스마트폰 없이 오롯이 한 가지 일에 집중하기는 생각보다 쉽지 않습니다.

'책만 읽는 시간' 모임은 독서모임에서만이라도 온전히 책에만 집중해 보자는 취지로 만든 모임입니다. 모임 시작 시간이 되면 일제히 휴대전화 전원을 끄고 책을 읽거나 책 이야기를 나눕니다. 처음에는 괜스레 불안해하며 모임에 집중하지 못하고 전원이 꺼진 전화기라도 멀뚱히 바라보는 회원이 있지만 모임때마다 정해진 시간동안 책에만 집중하는 습관을 들이면 그 회원의 평소 일상에도 조용히 책만 읽는 시간이 생깁니다. 하루 한 시간 스마트폰을 보지 않아도 아무런 일이 일어나지 않는다는 걸 깨닫기 때문이죠. 독서라는 행위의 힘과 매력도 새삼 크게 느낍니다.

"집중하면 이렇게 책을 많이 읽을 수 있군요."

"앞으로는 하루에 30분이라도 스마트폰을 끄고 책을 읽어야겠어요."

"이렇게 읽으니 메모하는 습관도 함께 따라옵니다."

정신없는 일상에서 잠깐이라도 벗어나 오롯한 독서의 기쁨을 느끼고 싶은 분들께 추천하는 모임입니다.

제인 오스틴 북클럽: 특정 작가 작품 읽기 모임

영화「제인 오스틴 북클럽」에는 제인 오스틴 작품 여섯 편을 함께 읽는 독서모임이 등장합니다. 친구 또는 부부인 영화 속 인물들은 6개월 동안 한 달에 한 번 만나서 여섯 편의 작품을 하나씩 읽습니다. 특이하게도 매번 모임 장소를 집, 바닷가, 식당 등으로 정해서 모임 분위기에 변화를 주죠. 그 모습이 정말 근사했습니다. 영화와 똑같이 할 수는 없겠지만 최대한 비슷한 기분을 내 보고도 싶었습니다. 마침 저와 생각이 비슷한 회원이 몇 명 있었고요. 얼른 '제인 오스틴 북클럽'을 만들어서 하루는 한강공원에서 모임을 하고, 하루는 영국 찻잔과 홍차를 준비한 회원 덕분에 잉글리시티 카페 분위기를 내며『오만과 편견』,『설득』,『이성과 감성』,『엠마』,『맨스필드 파크』,『노생거 사원』을 읽었습니다. 매 모임이 설렜고, 한 작가의 책을 연달아 읽었을 때 얻을 수 있는 시각과 감상이 있다는 것도 깨달았습니다.

이후 이 모임이 계기가 되어 특정 작가 작품 읽기 모임을 몇 번 더 진행했습니다. 이 테마로 모임을 진행할 때는 작품 읽는 순서를 정하는 것이 중요합니다. 회원들과 상의해서 집필 순서대로 읽으면 작가의 글이 변하는 모습을 엿볼 수 있고, 읽기 쉬운 작품이나 분량이 적은 작품부터 시작하면 갈수록 모임의 몰입도가 높아집니다. 완급 조절을 위해 가벼운 책과 무거운 책을 적절히 번갈아 읽는 것도 좋지요.

한 작가를 깊이 이해하면 자연히 그 작가가 살았던 시대와 장소에 대한 호기심도 생깁니다. 바로 이럴 때 시작하면 좋은 모임이 다음으로 소개할 모임입니다.

시기를 지정해 시대별/지역별 작품 읽기 모임

이 테마는 특정 시대나 장소가 변화해 온 과정을 딱딱한 역사책이 아닌 여러 편의 문학 작품을 통해 파악하고 싶을 때 도전해 볼 만한 방법입니다.

예를 들어 1960년대부터 현재까지의 한국 사회가 어떻게 변화했는지를 사료가 아닌 시대별 소설을 통해 유추하는 겁니다. 1960년대 대표 소설 한 편, 1970년대 대표 소설 한 편, 1980년대 대표 소설 한 편 등으로 각 시대의 대표작들을 차례차례 읽다 보면 시대의 변화 과정을 보다 입체적으로 파악할 수 있고 각 작품을 따로따로 읽었을 때는 무심코 넘겼던, 시대상이 반영된 부분들이 새롭게 다가오기도 합니다. 각 시대의 대표작을 두 편 이상씩 정해 읽으면 1960년대의 작품 분위기와

1970년대의 작품 분위기를 비교해 볼 수도 있지요. 작품을 선정하는 데만도 시간이 꽤 들고 진행하기도 쉽지 않은 테마이지만 시도해 보면 한 시즌 모임으로도 시야가 대폭 확장되는 경험을 할 수 있습니다.

같은 시기에 출간된 여러 국가의 작품을 비교하며 읽어 보는 테마도 재미있습니다. 가령 '1980년대 후반 소설 읽기 모임'으로 테마를 정하고 그 시기에 출간된 일본 소설, 미국 소설, 영국 소설, 한국 소설을 4회에 걸쳐 읽으면 같은 시기에 각 장소에서 어떤 다른 사건들이 일어났고, 비슷한 시기이지만 각 나라 사람들이 얼마나 다른 가치관을 가지고 살았는지 살펴볼 수 있습니다.

이런 모임은 한번 참여해 보는 것만으로도 읽는 힘을 큰 폭으로 성장시킬 수 있습니다.

시 읽기 모임

책을 좋아하고 꾸준히 읽는 이들 가운데도 유독 시는 어려워하는 사람이 있습니다. 시 읽기를 낯설어하고 시의 필요성을 크게 느끼지 못하기도 하지만, 마음을 잡고 읽어 보려고 해도 시와 쉽게 친해지지 못하기 때문이지요. 시 읽기 모임은 주로 시를 좋아하는 사람들이 찾지만 이런 사람들에게도 아주 좋은 기회를 제공합니다.

시 모임은 대체로 한 권의 시집을 정해서 읽고 모임에

서 해당 시집에 대한 전반적인 소감을 공유하는 식으로 진행합니다. 이해하기 어려운 작품은 회원들과 함께 읽고 머리를 맞대 해석도 해 봅니다. 각자 마음에 드는 시를 골라 돌아가면서 낭독하는 시간도 갖습니다. 낭독을 마치면 시를 고른 이유를 이야기하지요.

시 읽기 모임은 감성이 풍부하게 오가는 자리이기 때문에 모임 중에 내면의 깊은 이야기가 왈칵 쏟아져 나오기도 하고 과거의 상처를 떠올리며 눈물 짓는 분도 있습니다. 낭독하다가 울음을 터트리는 회원도 있지요. 다른 모임에 비해 서로의 감정을 배려하고 상대의 이야기를 경청하려는 태도가 더 크게 요구되는 모임입니다. 때로는 자기 상처를 드러낸 사람이 힘들어하지 않도록 다독이는 시간도 필요합니다.

저는 그간 시 읽기 모임의 마무리를 주로 필사로 했습니다. 마음에 드는 시구를 가만히 적어 내려가다 보면 폭발한 감성이 차분히 가라앉고 뜨거워진 감정도 정리되니까요. 모임 끝에 각자 필사한 시를 교환하는 시간을 갖는 것도 좋습니다.

영화와 책 함께 보기

독서 내공이 아직 단단하지 않은 사람들은 책 자체를 부담스럽게 여기기도 합니다. 아무런 계기나 이유 없이 모르는 작가의 생소한 작품을 읽는 것을 조금 힘들어하지요. 그런 사람이 많은 모임에는 '영화와 책 함께 보기' 테마가 유익합니다. 활자 읽기는 어려워해도 영상은 무엇이든 편하게 보는 사람이 많으니 책과 관련된 영화를 먼저 보고 책을 읽는 겁니다. 그러면 책이 조금은 친근해집니다.

메리 셸리의 『프랑켄슈타인』 모임을 하기 전에 회원들에게 영화 「메리 셸리: 프랑켄슈타인의 탄생」(2017)을 보고 오라고 한 적이 있습니다. 최초의 공상 과학 소설을 쓴 작가 메리 셸리의 인생을 다룬 영화였지요. 작가의 고통과 슬픔, 작품을 쓴 배경, 『프랑켄슈타인』 출간 과정에서 겪은 여러 가지 고난이 담겨 있었습니다. 책을 읽기 전에 영상으로 작가의 이야기를 접하니 소설이 조금 달리 보였습니다. 소설만 보았을 때는 알 수 없었던 작가의 의도가 짙게 밴 부분들도 두드러졌지요. 책을 어려워했던 회원들도 영화가 독서에 큰 도움이 되었다고 이야기했습니다. 영화 이야기가 섞인 대화는 책 이야기만 주고받은 모임에 비해 풍성했고 작품에 대한 해석도 더 다채로웠습니다.

마이클 커닝햄의 소설 『디 아워스』 역시 영화를 통해 먼저 접했습니다. 책이 잘 읽히지 않는데 영화를 먼저 보니 읽히기 시작했다는 회원도 있었고 감독의 관점과 자신의 관점은 다르다며 영화와 소설을 비교하며 감상을 나누는 회원도 있었습니다. 그 외에도 메그 월리처의 소설 『더 와이프』와 제인 오스틴의 소설 『오만과 편견』을 다룰 때 영화 이야기를 함께 했습니다. 책만큼 훌륭한 영화도 있었고 책에 비해 아쉬운 영화도 있었습니다.

저는 주로 독서를 돕기 위해 이 테마를 이용하기에 영화를 먼저 보고 책을 읽는 방식을 이야기했지만, 순서는 중요하지 않습니다. 뭘 먼저 보든 책 읽는 데 도움이 되면 그것으로 충분합니다.

윤독 모임

여러 사람이 같은 책을 돌려 가며 읽는 것을 '윤독'이라고 합니다. 윤독 모임은 책을 미리 읽고 와서 감상을 나누는 모임이 아니라 모인 자리에서 한 권의 책을 돌아가며 낭독하고 바로 떠오르는 감상을 나누는 식으로 진행하는 모임입니다. 미리 책을 읽지 않아도 되기 때문에 부담이 없죠. 일상이 바쁘지만 책과 멀어지지 않고 싶어 하는 분들께 좋은 테마입니다.

이미 읽은 책을 다루는 날도 다양한 회원들의 목소리를 통해 낭독되는 글을 듣고 있으면 알고 있던 구절이 다르게 느껴지기도 합니다. 읽는 분위기와 속도에 따라서도 텍스트는 얼마든지 다르게 받아들여질 수 있지요.

때로는 책 내용과 맞지 않는 분위기로 낭독되는 때도 있습니다. 웃음을 유발하는 유쾌한 내용을 얼른 알아채지 못해 잔뜩 긴장한 목소리로 딱딱하게 읽으면, 듣는 사람들이 웃음을 참느라 애를 먹기도 합니다. 이 모든 분위기가 윤독 모임의 매력입니다. 이 또한 독서의 한 가지 방법이고요.

윤독 모임에서는 텍스트가 적어 부담은 없고 음미할 지점은 많은 책을 읽어도 좋고, 평소에 읽기 어려웠던 고전을 선정해서 읽어도 좋습니다. 부담 없는 책으로는 『어린 왕자』, 『사람은 무엇으로 사는가』 같은 작품이 있습니다. 이런 책은 읽자마자 모두가 쉽게 이해할 수 있어서 이야기가 풍성하게 오갑니다. 고전 윤독 모임에서는 『논어』, 『코스모스』처럼 혼자는 접근하기 어려운 책을 낭독해 보기를 권합니다. 적당한 분량을 정해 천천히 읽으며 내용을 음미하면 짧은 시간 내에도 큰 감상을 얻는 일이 종종 생깁니다.

윤독 모임을 기획하는 운영자는 읽을 책을 미리 한 번 낭독해 보고 모임 시간에 맞는 분량을 정해서 가는 것이 좋습니다. 책에 따라 읽히는 속도가 조금씩 다르지만 한 명당 대략 얼만큼을 읽으면 될지 시간 계산을 해 두어야 현장에서 모임을 원활하게 이끌 수 있습니다.

이처럼 독서모임 테마는 무궁무진합니다. 그림책을

좋아하면 그림책 읽기 모임을, 역사책을 읽고 싶다면 역사책 읽기 모임을 기획할 수도 있고, 앞에서 이야기한 대로 벽돌책 깨기 모임, 공부 모임 등을 만들어서 공통의 목표를 가진 회원들을 모을 수도 있습니다.

하나의책 독서모임에서는 이제 회원들도 제각각 원하는 테마의 소모임을 만들어 나가고 있습니다. 관심 분야가 비슷한 여성들이 모여 '책 읽는 여자들'이라는 모임을 만들고 여성 작가의 책, 결혼 문제를 다룬 책, 성차별 문제를 다룬 책 등을 선정해서 읽으며 공감의 대화를 나누기도 합니다. 과학책 번역가가 중심이 되어 과학 독서 모임도 꾸렸고, 박물관·미술관 교육을 전공한 초등 교사가 미술관에서 진행하는 '그림 읽는 독서모임'도 있습니다.

저는 운영자로서 이런 모임을 응원하고 필요하다면 주선과 지원도 할 생각입니다. 더 많은 사람이 취향과 관심에 맞는 모임을 찾아서 더 즐겁게 독서모임을 할 수 있기를 바라니까요.

17
{ **모임 안에 소모임 만들기** }

모임 테마 정하기에 이어 독서가 좋아서 모인 사람들이 함께 할 만한 독서 이외의 일들, 독서라는 취미를 가진 사람들이 한 자리에 모이면 도모해 볼 만한 특별한 일 몇 가지를 소개합니다.

책 관련 행사 참여

가장 쉽게 할 수 있는 일이 저자와의 만남, 출간 기념 강연회, 독서 강좌 등 책 관련 행사에 같이 가는 겁니다. 행사 후기를 공유하며 자연스럽게 독서모임 테마나 색깔에 대해서도 의논할 수 있습니다. 함께 읽은 책 가운데 영화화되는 작품이 생기면 영화를 같이 볼 수도 있고, 책과 관련된 전시회가 열리면 전시회도 같이 갈 수 있습니다. 시간을 조금 더 할애할 수 있다면 재미있는 국내 소설 한 편을 읽고 소설의 배경이 된 지역 혹은 작가의 문학관이 있는 고장으로 '문학 기행'을 떠나는 것도 유익하겠죠. 책에 대한 감상이 깊어지는 것은 물론 회원들 간의 유대감이 한층 강화됩니다.

글 쓰기 모임, 글짓기 대회

독서모임이 지속되면 회원들 가운데 글을 쓰고 싶어 하는 분들이 자연스럽게 생깁니다. 글의 힘을 새삼 더 크게 느끼며 글 쓰기를 통해 자신을 표현하고 싶어 하지요. 하지만 막상 쓰려고 하면 글 쓸 시간을 내기도 어렵고 글 쓰기도 쉽지 않습니다. 이런 회원들을 위해 만들 수 있는 모임이 '정기 글짓기 대회'입니다. 물론 원하는 사람만 참여하는 행사지만, 일단 시작하면 쓰고 싶은 열망을 가진 분들이 정말 열심히 참여합니다. 재미를 위한 이벤트라서 부담 갖는 사람도 없고요. 독후감 쓰기, 에세이 쓰기 등의 테마를 정해 200자 원고지 10매 내외(A4용지 1장) 정도로 원고 분량을 정하고 기간을 정해 원고 접수를 받습니다. 접수가 마감되면 참여한 회원들과 함께 심사를 하고요. 작은 선물을 마련해서 시상을 하는 것도 좋겠지요? 책과 글을 좋아하는 사람들이 모인 독서모임이기에 쉽게 시도해 볼 수 있는 일입니다.

회원 강사의 일일 클래스

독서모임에는 정말 다양한 사람이 모입니다. 직업도 다양하고 전공 분야도 저마다 다르지요. 회원 가운데 자신의 전문 분야를 살려 다른 회원에게 강의를 할 수 있는 '능력자'가 있다면 반나절 정도 시간을 내어 그분께 수업을 듣는 모임을 만들 수도 있습니다. 예를 들어 플로리스트 회원에게 듣는 일일 꽃꽂이 강좌, 디자이너 회원에게 듣는 캘리그라피 클래스를 개설할 수도 있고, 특별한 수업이 아니더라도 각각 다른 직업을 가진 회원들이 자기 직업에 대해, 그 직업을 가진 사람들이 어떻게 일하며 사는지에 대해 형식 없이 이야기하면 그것만으로도 좋은 공부가 됩니다. 모임 분위기를 궁금해하는 사람이 있다면 초대해서 같이 들어도 괜찮겠지요. 모든 회원이 전문 강사는 아닐 테니 모든 수업이 훌륭할 수는 없겠지만 친근한 사람책을 한 권씩 읽는 좋은 자리가 될 수 있을 겁니다.

작가, 번역가와 함께하는 독서모임

일반 독자에게 작가나 번역가는 쉽게 만나기 힘든 사

람입니다. 보통은 그들과 함께 독서모임을 한다는 생각을 하지 못하지요. 저도 그랬는데 우연히 『나는 지방대 시간강사다』를 쓰신 김민섭 작가님 강연을 듣고 생각이 바뀌었습니다. 강연이 끝나고 작가님께 저희 독서모임에 와 주실 수 있는지 조심스럽게 여쭈었지요. 의외로 흔쾌히 수락하셨고 저희 모임 회원 모두가 즐거워한 '작가와 함께하는 독서모임' 자리가 마련되었습니다.

이후 용기를 내어 『회색인간』을 쓰신 김동식 작가님께도 연락을 드려 초청했고 폴 오스터의 『글쓰기를 말하다』를 번역하신 심혜경 선생님을 모셔 번역가와 함께하는 독서모임도 진행했습니다. 대개 서점이나 출판사에서 주관하는 작가와의 만남 행사에서는 작가에게 일방적으로 강의를 듣기만 하지만 독서모임에서는 작가와 독자가 책 내용을 중심으로 형식 없이 자유롭게 소통할 수 있고, 덕분에 책을 더 깊이 이해할 수 있습니다. 책 내용에 대한 배경지식도 풍부하게 쌓을 수 있고 책 만드는 과정에서 겪은 재미있는 뒷이야기도 접할 수 있지요. 작품을 읽으며 의아했던 점이나 궁금했던 점을 그 자리에서 바로 질문하고 감상도 바로 전달할 수 있습니다.

제가 운영하는 출판사는 신간이 나오면 얼마간은 독서모임에 책을 홍보하기 위해 노력합니다. 제가 운영하는 출판사에서는 2017년에 하나의책 독서모임 회원들이 쓴 『모두의 독서』라는 책을 출간했는데, 독서모임 경험을 토대로 쓴 책인 만큼 저자를 섭외하고 싶다는 독서모임의 연락을 받으면 강의료도 챙기지 않고 한달음에 달려갔습니다. 기획자이자 발행인인 제 입장에서는 저희 책을 함께 읽어 주는 독서모임이 고마웠고 그 독서모임 회원들은 책을 쓴 사람들을 직접 만나서 이야기를 듣는 신선한 경험을 할 수 있어 무척 좋아했지요.

물론 이름만 들어도 다들 아는 유명한 베스트셀러 작가를 소규모 독서모임에 부르기는 현실적으로 어렵지만, 우리 주변에는 정말 다양한 작가들이 있고 독서모임에 관심을 갖는 분도 꾸준히 늘고 있습니다. 그래서인지 작은 독서모임의 요청에도 응해 주시는 분이 꽤 많고요. 작가의 연락처는 책의 앞날개를 유심히 살펴보면 얻을 수 있는 경우가 많습니다. 포털사이트에 검색하면 공개된 이메일 주소나 SNS 계정을 알 수도 있고요. 가능한 경로를 통해 정중히 연락하면 됩니다.

저자와 독자 모두에게 소중한 자리인 것과는 별개로 이런 독서모임은 작가의 입장에서는 소중한 시간과 노동을 제공하는 일이니 가능하면 조금이라도 수고비를 드리는 것도 좋겠습니다. 이런 경우 작가마다 생각하는 비용이 다르니 독서모임 회원들과 미리 의논해서 마련할 수 있는 금액이 어느 정도일지 정해 두어야 할 필요도 있을 테고요. 독서모임마다 사정이 다르겠지만 시도

하지도 않고 지레짐작으로 판단해 포기하지 말고 진심을 담아 취지와 사정을 잘 설명해서 모두 좋은 시간을 가졌으면 좋겠습니다.

모임 기록을 이용한 문집 또는 책 만들기

모임이 거듭되면 '그동안 진행한 모임에서 나눈 이야기들이 휘발되어 버리면 어쩌지' 하는 걱정이 생길 때가 있습니다. 그간의 모임을 기록으로 남기고 싶다는 욕심도 생기지요. 그럴 때 모임 기록장을 만들어서 모임 날짜와 읽은 책, 줄거리, 독후감, 서평, 모임 후기 등을 적어 나가면 훌륭한 문집을 만들 수 있습니다. 요즘에는 소량의 책자를 저렴한 가격에 제작해 주는 업체도 쉽게 찾아볼 수 있지요.

글을 조금 더 보충해서 정부나 지자체의 지원금으로 책을 만들 수도 있습니다. 지역의 문화재단 지원금을 받아서 독서모임 회원들과 동네 이야기를 담은 독립출판물을 제작한 분도 있습니다. 주기적으로 잠깐 시간을 내어 정부나 지자체의 문화 지원 사업 공고를 살펴보세요. 책과 책자 제작뿐만이 아니라 독서모임 경비(책 구입비, 음료비 등), 세미나 개최 비용 등 다양한 지원 사업을 발견할 수 있을 겁니다.

이 외에 지역 주민 모임, 스터디 그룹 등도 결성할 수 있습니다. 저는 출판사 사무실이 있는 관악구를 중심으로 동네 모임을 만들어서 친목 모임을 갖습니다. 기본 경제 상식을 공유하기 위해 '경제 스터디 모임'을 만들어서 느슨하게 운영하는 회원도 있지요. 평소에는 메신저를 이용해 유용한 정보를 주고받고 정기적으로 경제 관련 책을 읽는 오프라인 모임을 갖는다고 합니다. 작은 가게를 운영하는 자영업자들끼리 모임을 만들면 유익하기도 하고 도울 일이 생길 때 협업하기도 좋습니다. 이처럼 회원들의 관심사에 따라 다양한 소모임을 만들어서 책과 삶의 경계를 넘나들며 여러 방면에서 소통하면 더 오래, 재미있게 따뜻한 만남을 지속할 수 있습니다.

18
{ 온라인 독서모임 }

 2020년 초반, 예상치 못한 '독서모임의 적'을 만났습니다. 모두 아시다시피 코로나바이러스감염증(코로나19)이었지요. 전염병으로 인한 불안 앞에서는 견고하다고 생각한 저의 독서모임도 어쩔 수 없었습니다. 그 기세가 한창이던 시기에는 어떤 모임도 진행할 수 없었습니다. 이미 잡혀 있던 모임은 일정이 계속 미뤄졌고, '생각보다 오래 독서모임을 할 수 없겠다'라는 생각에 불안해지기 시작했습니다. 동굴에 갇힌 듯 답답한 상황이었지만 책을 읽고 이야기 나누는 자리를 어떻게든 마련하고 싶었습니다. 그래서 생각한 것이 온라인 독서모임입니다.

 코로나19 확산 이전에도 온라인 모임에 대한 이야기는 간혹 들었습니다. 지방에 거주하는 분들에게 '온라인 독서모임은 하지 않느냐'라는 문의를 받기도 했고요. 이참에 본격적으로 온라인 모임을 준비해 보기로 마음먹었습니다. 알아보니 회원들과 다 같이 채팅을 하면서 이야기를 나누는 '동시 접속 방식', 운영자가 발제문을 올리면 회원들이 댓글로 대화를 주고받는 '댓글 방식'으로 진행이 가능했습니다.

우선 '댓글 방식'의 모임부터 시작했습니다. 이 방식의 모임은 인터넷 카페나 '밴드' 등의 SNS 채널을 개설해 진행하면 됩니다. 가장 먼저 세계문학을 함께 읽는 '소설 읽기' 모임 밴드를 만들었습니다. 전염병 확산으로 다시금 화제가 된 알베르 카뮈의 『페스트』를 첫 책으로 골랐고, 개설한 달 1일부터 말일까지 한 달 동안 함께할 회원을 모집했지요. 마지막 주에 제가 발제문을 올리면 댓글을 달아 소통하는 방식으로 진행하겠다는 내용도 공지했습니다. 정원은 15명으로 정했습니다. 오프라인 모임은 정원이 10명이지만 온라인 모임은 조금 더 많은 인원이 함께 해도 괜찮을 거라 생각했지요(이후 회원들과 조금 더 긴밀하게 소통하고 싶어서 정원을 10명으로 줄였습니다). 이내 모집이 마감됐고 발제문 공개일과 답변 마감일을 확정해 공지했습니다.

모임을 개설한 후에는 발제문을 공개하기 전까지 회원들과 어떻게 소통할 것인지를 고민했습니다. 가장 쉽게 '독서 인증 사진'을 공유해 달라고 요청했고, 저마다

집이나 카페 등에서 책 사진, 독서 인증 샷 등을 멋지게 찍어 타임라인을 채워 주었습니다. 저는 『페스트』 관련 기사를 찾아 공유하고 연극 「페스트」 온라인 상영 소식을 전하기도 했습니다.

발제문은 세 가지 항목으로만 구성했습니다. 생각이 완전히 정리되지 않았더라도 대화를 통해 의견을 정리해 나갈 수 있는 오프라인 모임과 달리 온라인 모임에서는 오롯이 혼자 생각한 것을 정리된 글로 써서 올려야 하니, 항목이 너무 많으면 회원들이 부담을 느낄 거라 짐작했기 때문이지요.

발제문을 업로드하자 본격적인 모임이 시작되었습니다. 각자 자신의 생각을 자유롭게 남겼고, 다른 회원의 의견에 질문을 하거나 공감을 표현하기도 했습니다. 오프라인 모임에서처럼 즉각적으로 소통할 수는 없었지만, 같은 책을 읽고 다양한 이야기를 공유한다는 점은 변함이 없었습니다. 생각했던 것보다 훨씬 재미있었고 반응도 좋아 다음 달에는 영화와 원작 도서를 함께 보고 이야기 나누는 '책+영화 모임'도 만들었습니다. 진행 방식은 유지하면서요. 매달 마지막 주에 발제문 공개, 각자 편한 시간에 답변 달기가 우리 모임의 방식입니다.

'동시 접속 방식'은 메신저 애플리케이션 등을 이용해 정해진 시간에 온라인으로 만나 이야기를 나누는 방식입니다. 저는 사람들이 가장 많이 이용하는 카카오톡

단체 채팅으로 모임을 진행했습니다. 약속 시간을 지켜야 한다는 것이 부담일 수 있지만 '댓글 방식'보다는 실시간 소통의 생생한 맛이 있습니다. 다만 많은 사람이 동시에 글을 올리면 정신이 없습니다. 발언 순서를 정해 진행하는 것이 좋지요. 두 시간 가량 밀도 있게 이야기하려면 정원은 8명 정도가 적당합니다. 이때 특정 회원의 이야기가 길어지는 것을 방지하기 위해 발언 시간을 체크하거나 정해 두는 것도 중요합니다. 이 모든 사항을 지키려면 회원들의 협조가 필수이고요. 그래서 저는 모임 시작 전 발언 순서를 정해 공지하고 이야기가 길어지면 부득이하게 발언 시간을 조정하겠다는 점도 알렸습니다.

'동시 접속 방식'은 화상 회의 플랫폼을 통해서도 진행할 수 있습니다. 메신저로 소통하는 것과 진행 방식은 같고 서로의 얼굴까지 보면서 대화를 나누는 겁니다. 이때도 운영자가 순서를 정해 고루 발언할 수 있도록 하는 것이 좋습니다. 얼굴을 보여야 한다는 점을 조금 불편하게 생각하는 사람도 있지만(얼굴을 가리는 기능을 사용할 수도 있지만, 얼굴이 보이지 않는 회원에게는 친밀감이 다소 떨어집니다), 이 방식 역시 생생하게 소통할 수 있는 재미있는 방식입니다.

이렇게 여러 방식을 시도한 후 저는 주로 '댓글 방식'으로 온라인 모임을 진행합니다. 전국 각지는 물론 해

외에 거주하는 회원도 있으니 시간에 구애 없이 질문과 답변을 남기는 방식이 가장 편했습니다. 물론 단체 (화상) 채팅의 장점도 무시할 수 없으니 앞으로도 다양한 방식을 적절히 활용해 모임을 유지해 나갈 계획입니다.

책에서 길어 올린 지혜를 실천해 보는 연습의 장

"독서모임을 하고 나면 한 달 동안 그 기억이 계속 떠올라요."

한 회원에게 들은 말입니다. 한 달간 독서모임의 여운이 지속된다는 그분의 말은 앞으로도 제 가슴에 오래도록 남을 것입니다. 모임의 영향이 현장에서 그치지 않고 생활에까지 확장된다면 운영자로서는 더할 나위 없는 기쁨입니다. 더욱 의미 있는 모임을 만들고 싶어집니다.

책 읽기는 지극히 혼자 하는 행위입니다. 어떤 책을 읽든, 읽은 책을 어떻게 해석하든, 그것은 독자의 마음입니다. 그런데 그 책을 제대로 이해했는지 알고 싶고 그 책에서 느낀 점을 삶에서 실질적으로 적용하고 싶다는 욕구가 생기면 그때는 타인의 의견을 듣는 것이 좋습

니다. 내 생각을 다른 사람에게 전달하는 연습부터 시
작해서 상대의 반응을 받아들이는 과정, 나와 다른 생
각을 내가 소화하는 과정을 겪어야 합니다. 그러고 나
면 머릿속에만 가득한 지식이 현실에서도 환영받는 지
혜로 바뀔 겁니다. 독서모임은 다른 사람과의 관계 속
에서 책의 이론을 적용하는 연습의 장입니다. 이를 통
해 회원 스스로 변화를 느낀다면 독서모임은 그들의 자
부심이 될 것입니다.

　오랫동안 독서모임을 함께한 회원들의 후기를 듣고
정리해 보았습니다. 모임을 시작한 후 다음과 같은 이
유로 회원들은 모임을 각별히 생각하게 되었다고 합
니다.

"제가 달라졌어요"

　독서모임을 통해 태도와 말이 달라진 분이 있습니다.
모임에서 타인의 의견을 경청하는 훈련을 하면 일상에
서도 그런 태도가 나타나지요. 모임에서 다른 시각을
접하고 받아들이는 연습을 하면 다른 상황에도 여유롭
게 대처할 수 있습니다. 실제로 모임에서 하듯이 아이
들의 말에 귀를 기울였더니 '말이 좀 통하는 엄마'가 되
었다는 분이 있습니다. 독서모임을 시작한 이후 말솜씨
가 부쩍 늘었다는 말을 주위에서 들었다는 회원도 있고
요. 독서모임은 혼자 책을 읽을 때와는 다른 감흥과 결

과를 가져다줍니다. 이를 통한 변화가 누군가에게는 유독 크게 나타나기도 합니다.

"있어 보이잖아요"

『이동진 독서법』이라는 책을 읽다 한참을 웃은 적이 있습니다. 백 퍼센트 공감하는 말이 있어서입니다.

"저는 '있어 보이기 위해서' 책을 읽는 것, 지적인 허영심을 마음껏 표현하는 것이 매우 좋다고 이야기하고 싶습니다."●

독서모임에서는 다양한 책을 접하게 됩니다. 혼자서는 읽기 벅찬 책도 완독할 수 있고요. 이 모습을 보고 주위에서는 한마디씩 합니다.

"와, 그렇게 어려운 책도 읽으세요?"

사실 책을 '허세'로 읽는 경우도 많습니다. 기왕이면 '있어 보이는' 책을 들고 다니면서 남들에게 과시하는 맛도 독서의 재미 중 하나입니다. 독서모임에서 어려운 책을 함께 읽으면 '있어 보이기도 하고' 완독도 할 수 있으니 일석이조라는 회원도 있습니다.

"책 추천해 달라는 말도 들어요"

독서모임에 꾸준히 나가는 모습을 보이면 주변에서 책을 추천해 달라고 하기도 합니다. 처음에는 "나도 잘 몰라서 추천하기 어려워"라고 말했다던 한 회원은 모

● 이동진, 『이동진 독서법』(예담, 2017).

임에서 독서 경험을 쌓으며 자신감이 생겼다고 합니다. 이제는 친구들에게 상황에 맞는 책을 추천하며 한마디 덧붙일 여유도 생겼답니다. "내가 고민해서 추천했으니 꼭 읽어라. 독후감 물어볼 거다!" 그 회원은 주변에서 '믿을 만한 책 추천가'로 불리는 것이 꽤 즐거운 일이라는 말을 종종 합니다.

마지막으로 다양한 독서 공동체의 이야기가 담긴 책, 『같이 읽고 함께 살다』에서 읽은 한 독서모임 회원의 말을 옮겨 봅니다.

"나이 들면 자부심이 떨어집니다. 무슨 일을 하더라도 자신이 없어지죠. 사람들이 자신을 무시하는 것만 같아요. 책을 읽으면서부터는 감쪽같이 그런 일이 없어졌습니다. 자꾸 하고 싶은 일이 생겨나고, 머리와 행동의 간격이 조금 좁혀졌습니다. 게다가 함께 읽으면 더 많이 읽습니다. 좋은 일만 있지요."●

독서모임은 우리 모두에게 이런 자부심을 주는 의미 있는 존재가 아닐까요.

● 장은수, 『같이 읽고 함께 살다』(느티나무책방, 2018).

문학평론가 이어령 선생의 인터뷰 영상을 본 적이 있습니다. 선생은 여러 사람이 운동장에서 같은 방향을 향해 달리면 일등과 꼴등이 생기지만 각자 저마다의 길로 달리면 모두가 일등을 할 수 있다고 하셨습니다. 우리의 비극은 남과 비교하면서 조바심을 내는 데에서 시작됩니다. 다른 사람이 걷는 길은 참고만 하고 내 길만 묵묵히 간다면 모두 저마다의 성과를 낼 수 있습니다.

제가 소개한 사례와 방법은 이런 마음으로 참고만 하셨으면 합니다. 독서모임에 정도가 어디 있겠습니까. 이 책은 여러분을 거들 뿐, 중요한 것은 직접 책을 고르고 모임을 꾸리고 사람들을 만나 대화를 하면서 자신만의 방법을 만드는 겁니다.

운영자가 어떤 바람으로 모임을 만들고 유지하려고

노력하는지, 그 소박한 마음을 저는 잘 압니다. 그래서 책을 사랑하는 마음에서 시작된 독서모임의 불씨가 소중하다고 생각합니다. 독서모임을 시작하고 모임을 반복하면서 책에 관해 대화를 나누다 보면 그 불씨를 웬만하면 꺼뜨리지 않겠다는 결심이 설 겁니다. 그러다 보면 독서모임은 어느새 당신의 삶에서 꽤 중요한 가치를 지닐 것입니다. 그 즐거운 과정을 반드시 만나시길 바랍니다.

내 인생 최고의 책 앤 후드 지음, 김소정 옮김(하나의책, 2023)

도서관의 북클럽을 다룬 소설입니다. 열 명의 회원이 각자 인생 최고의 책을 한 권씩 가져와 소개하고 순서를 정해서 1년간 한 달에 한 번 독서모임을 진행합니다. 이 과정에서 저마다의 고통과 관심사를 공유하고 서로를 치유하면서 '함께하는 삶'을 만들어 갑니다. 저는 이 책을 읽고 똑같이 1년짜리 독서모임을 만들었고 회원들에게 좋은 반응을 얻었습니다. 조금씩 보완하며 지금도 즐겁게 운영하고 있습니다.

건지 감자껍질파이 북클럽 메리 앤 섀퍼 · 애니 배로스 지음, 신선해 옮김 (이덴슬리벨, 2018)

제2차 세계대전 당시 독일군의 지배하에 있던 영국 채널제도 사람들의 문학회가 이 소설의 주인공이자 소재입니다. 얼결에 만들어진 문학회, 즉 독서모임이 어떻게 성장하고 이어지는지, 마을 사람들이 그 독서모임을 거치면서 어떻게 변하는지가 흥미진진하게 그려져 있지요. 이 책을 읽으면 '어떻게 될지는 모르겠지만 일단 독서모임을 시작하고 보자'는 생각이 들 겁니다. 아마도…… 아니 분명히요!

수상한 북클럽 박현희 지음(문학동네, 2014)

네 명의 고등학생이 한 북카페의 주인과 함께 독서모임을 꾸립니다. 처음에는 모임에 호의적이지 않던 아이들이 점점 변하기 시작합니다. 어떻게 독서모임에 관심을 갖게 되는지, 어떤 이야기를 나누면서 서로를 보듬는지가 간결하면서도 공감되게 묘사되어 있습니다. 이 책에는 북클럽에서 다룬 책을 보충하는 '주인장의 편지' 부분이 있는데요, 내용이 탄탄해서 발제를 할 때 참고하기도 좋습니다.

제인 오스틴 북클럽 캐런 조이 파울러 지음, 한은경 옮김(민음사, 2006)

제인 오스틴에 관심 있는 남녀가 모여 제인 오스틴의 책 여섯 권을 읽는 북클럽이 등장합니다. 저는 이 소설을 원작으로 한 같은 제목의 영화도 보았는데요, 영화 속 독서모임 장면이 정말이지 너무 멋져서 똑같은 모임을 만든 적이 있습니다. 와인을 마시면서 하는 독서모임, 바닷가 독서모임 등 근사한 장면이 끊임없이 등장합니다. 멤버들이 주고받는 독서모임의 대화 역시 흥미롭고요. 저는 이 책을 통해 '독서모임에는 테마가 중요하다'는 사실을 깨달았습니다.

익명의 독서 중독자들 이창현 지음, 유희 그림(사계절, 2018)

'독서모임을 다룬 웹툰'이라는 소개글에 끌려서 읽은 책입니다. 독서모임 하는 모습이 생각보다 많이 나오지는 않지만 책 덕후들이 모여 독서 취향을 공개하고 상대를 알아 가는 과정이 유쾌하게 그려져 있습니다. 등장인물들은 저마다 책을 대하는 나름의 원칙을 가지고 있는데, 그 원칙의 '디테일'이 정말 재미있습니다. 책 덕후라면 공감할 만한 깨알 같은 장면들이 웃음을 자아냅니다. '와! 우리 회원들과도 이런 식으로 책에 대한 의견을 공유하면 좋겠다' 하며 읽은 책입니다.

같이 읽고 함께 살다 장은수 지음(느티나무책방, 2018)

서울부터 제주까지 전국에 분포한 스물네 개의 독서모임을 소개한 책입니다. 저는 이 책을 읽고 독서모임의 방식이 무궁무진하다는 것을 알았습니다. 독서모임에는 경계가 없다는 것을 실감했다고나 할까요. 제가 미처 생각지 못한 다채로운 모임의 실제 사례가 정말 유익했습니다. 다양한 직업을 가진 다양한 세대가 다양한 테마로 전국 방방곡곡에 꾸린 독서모임 사례들은 새로운 독서모임을 구상하고 있는 사람들에게 분명 반짝거리는 아이디어를 가져다줄 겁니다.

소중한 경험 김형경 지음(사람풍경, 2015)

소설가인 김형경 작가가 10년간 운영한 독서모임을 소개한 책입니다. 독서모임에서 구성원들과 어떤 이야기를 나눴는지, 무엇을 묻고 어떻게 답했는지, 독서모임을 어떻게 꾸려 운영했는지와 같은 내용이 담겨 있습니다. '독서성장 에세이'라는 부제에 맞게 독서모임을 통해 어떤 정서적 변화를 겪었는지도 엿볼 수 있는 책입니다.

책 먹는 법 김이경 지음(유유, 2015)

질문하면서 읽는 법, 다독하는 법, 정독하는 법 등 텍스트를 다양하게 읽는 법이 재미있게 소개된 책입니다. 이 가운데 '여럿이 함께 읽는 법'이 오래 머릿속에 남았습니다. 이 부분을 읽고 저는 독서모임의 기본기를 다질 수 있었고, 저도 김이경 선생처럼 독서하고 모임을 꾸리고 싶다는 생각을 했습니다.

모두의 독서 박소영·이화정·지은이·한선정 지음(하나의책, 2017)

제가 운영하는 독서모임 회원들이 쓰고 제가 만들어 펴낸 독서 에세이입니다. 모임이 지속되자 우리도 무언가를 남겨 보자는 회원들의 의견이 있었고, 책을 써 보고 싶다는 네 분의 회원과 의기투합해 이 책을 기획하고 완성했습니다. 회원들의 독서 기록, 독서모임에 대한 생각이 담긴 책입니다.

독서모임 꾸리는 법
: 골고루 읽고 다르게 생각하기 위하여

2019년 9월 24일   초판 1쇄 발행
2024년 9월 4일   초판 7쇄 발행

지은이
원하나

펴낸이	**펴낸곳**	**등록**
조성웅	도서출판 유유	제406-2010-000032호(2010년 4월 2일)

주소
경기도 파주시 돌곶이길 180-38, 2층 (우편번호 10881)

전화	**팩스**	**홈페이지**	**전자우편**
031-946-6869	0303-3444-4645	uupress.co.kr	uupress@gmail.com

	페이스북	**트위터**	**인스타그램**
	www.facebook .com/uupress	www.twitter .com/uu_press	www.instagram .com/uupress

편집	**디자인**	**마케팅**
사공영, 김은경	이기준	전민영

제작	**인쇄**	**제책**	**물류**
제이오	(주)민언프린텍	라정문화사	책과일터

ISBN 979-11-89683-20-7 04800
      979-11-85152-36-3 (세트)